당 신 을   위 한
따뜻하고 냉정한 이야기

Warm story × Cold story

당 신 을 위 한
따뜻하고 냉정한 이야기

김재성 에세이

평단

* 이 책에 보내는 명사들의 추천글

어떤 상황에서든, 나에게 적절한 이야기를 해주는 책. 나무가 자라는 데에는 햇살과 비가 모두 필요합니다. 햇살만 비추면 그곳은 사막이 되고, 비만 내리면 그곳은 홍수가 날 것입니다. 이 책은 따뜻한 위로를 받고 싶을 때도, 현실을 살아가는 데 따끔한 충고를 받고 싶을 때도 적절한 조언을 해줍니다. 우리의 삶이 흔들릴 때 단단히 잡아주는 기둥 같은 이 책을 여러분께 추천합니다.

−19대 국회의원 김광진

이 책을 읽고 지난날을 돌아보고 남들이 보는 내가 아닌 온전히 내가 보는 나를 한번 더 생각해 볼 수 있었습니다. 현재를 열심히 살고 있지만 이렇게 사는 게 맞는지 늘 걱정 고민만 하고 더 이상 발전 없는 나태한 삶을 살지는 않았는지, 그것을 핑계 삼아 현실에서 도망가려 하지는 않았는지. 위로가 필요한 이들에게는 따뜻하게 위로를, 냉정하게 바라볼 필요가 있는 이들에게는 따끔하게 충고를. 그리고 경험에서 나온 조언까지! 저와 같은 고민을 하신 분들이라면 꼭 읽어보셨으면 좋겠습니다. 살면서 한번쯤은 고민하고 겪어봤을 이 이야기에 공감을 못 하는 사람은 없을 테니까요.

−배우 미소윤

내 나이 어느덧 40이 넘어 중년이 되었다. 인생의 반을 살았으니 이런저런 좋은 일과 힘든 일도 겪었고 좋은 사람도 만났고 나쁜 사람도 만나보았다. 그동안 인생을 살면서 많은 우여곡절을 겪었으니 더 이상의 시행착오는 없을 거라 생각했는데 이 책을 읽고 나니 안 읽었으면 큰일 났을 정도로 내가 지금까지 경험하며 느낀 것들보다 더 많은 것을 배울 수 있었다. 동기부여가 필요한 젊은이들과 마음의 위로가 필요한 분들에게 강력하게 추천하고 싶다. 냉탕과 온탕을 넘나들며 나를 강하고 건강하게 만들어주는 책!

-배우 백봉기

당근과 채찍이 절묘한 책. 사람들과의 관계 속에서 혹은 스스로의 우울과 절망 속에서 힘들고 어려움을 겪고 있다면 한번쯤 봐도 좋을 만한 책. 언제나 내 뜻대로만 흘러가지 않는 상황에서 다시금 잘하고 있다고 스스로를 다독이며 미소 짓게 만드는 책. 무엇보다도 열망하는 그 순간을 위해 나의 열정을 다시 한번 불태우게 만든 책. 앞으로의 남은 인생을 더 건강하게 살고 싶다면 꼭 한번 읽어보기를 추천한다.

-배우 송민경

우린 살아가면서 순간순간 넘어지고 일어나고를 반복한다. 그 시행과 착오를 거치면서 경험과 지혜를 얻게 되는데 이 책을 미리 읽었더라면 좀 덜 아프고 좀 덜 다치지 않았을까… 비실비실한 마음에 영양제 한 대 맞은 듯한 느낌의 책. 많은 분이 접하기를 권한다.

-배우 허인영

이 책은 지금 용기가 필요한 분들에게 도움이 되도록 위로와
격려를 전하는 *Warm story*와, 동기 부여를 강하게 얻고
싶은 분들을 위해 따끔한 충고를 해주는 *Cold story*로
구성되어 있습니다.

하지만 *Warm story*와 *Cold story*의 주제는 동일합니다.
우리는 같은 주제에 대해서 때로는 위로가 필요하고 때로는
따끔한 질책이 필요하기 때문이지요.

지금 위로가 필요하신 분이라면 *Warm story*를 먼저, 지금
동기 부여가 필요하다면 *Cold story*를 먼저 읽어보시기를
권합니다.

Welcome to Warm side

Welcome to Cold side

Welcome to
Warm side

따뜻한 이야기 공간에 오신 여러분을 환영합니다. 아무리 단단한 사람도,
아무리 체력이 좋은 사람도 때로는 위로받고 싶고 때로는 쉬어가고 싶을
때가 있죠.
지금, 위로와 휴식이 필요한 여러분에게 필요할 이야기들을 담았습니다.

Warm story #1 성장

아이가 태어나 몸을 뒤집고 목을 가누고, 걷고 뛰는 모든 일은 성장이지요. 신체적 성장뿐만 아니라 정신적인 성장, 커리어적인 성장을 사는 내내 겪게 됩니다. 신체적인 성장은 20대에 다다라 멈추더라도 우리는 끊임없이 성장을 갈망하는 존재입니다.

"어떤 사람은 스물다섯 살에 죽는데, 장례식만 일흔다섯 살에 치른다"는 벤저민 프랭클린의 말처럼, 성장이 없는 삶은 살아 있지만 생기 있는 삶은 아닐 것입니다.

삶이 버거울 때, 삶이 어렵고 힘들 때, 오히려 그때 성장하고 있다는 말처럼, 치열하게 성장하는 당신이 잠시 숨을 고를 수 있도록 도움을 주는 이야기들을 담았습니다.

사람, 길 그리고 목표

각자 떼어놓고 보면 좋은 사람이지만, 둘은 안 맞는 사람일 수도 있다. 흔히 요즘은 '케미'라고 말하는데 나는 그걸 사람 사이의 '결'이라고 표현한다.

멘탈이 약한 사람은 멘탈이 강한 사람을 부담스러워하고 불편해한다. 반면 멘탈이 강한 사람은 멘탈이 약한 사람을 보면 답답해하기 십상이다. 그러나 어느 한쪽이 나쁜 사람이라고 정의할 수는 없다. 그저 다른 사람일 뿐.

그래서 어떤 사람이 "나는 이런 특이한 것까지 한다"고 말하는 것은 충분히 인정하고 수용할 수 있다. 하지만 그렇다고 해서 "너는 이런 것을 왜 하지 않느냐"라는 말을 하게 되는 순간,

나는 그 사람에게 날을 세우지 않을 수 없다. *자신이 하는 일이*
다름을 얼마든지 이야기할 수 있다. 하지만 그 다름을 내세워
남들이 틀렸다고 주장할 권리는 그 누구에게도 없다.

'퇴사하는 것을 회사를 다니는 것보다 우월한 일'로 치부하던
때가 있었다. 현재 만들어진 시스템에서 묵묵하게 일하는
것을 용감하거나 과감하지 않은 바보처럼 취급하는 사람들이
많았다. 그러나 누가 어떤 길이 더 좋다고 말할 수 있을까.

'*지금 당장 회사를 박차고 나와라*' 따위의 이야기에 절대
현혹되지 않았으면 좋겠다. 당신이 묵묵하게 하고 있는 일은
분명 가치 있다. 반대로 생각해 보면 회사를 박차고 나온 그
사람은 그 조직을 견디지 못한 것일 수도 있으니까.

삶과 일은 공식이 아니다. A를 넣었을 때 B가 반드시 나오는
것이 아니라는 것을 알아야 한다. 당신이 하는 일에서 가치를
찾는 것이 중요한 것이지, '남이 이렇게 했으니까 나도 이렇게
해봐야지'라는 것은 애당초 불가능하다. 당신은 그 사람이
아니니까.

우리는 각자 다른 영역의 다른 삶을 살고 있을 뿐이다. 따라서
누구의 삶이 옳고 누구의 삶이 그른 것이 아님을 알았으면

좋겠다. 심지어 일반적으로 좋게 느껴지는 가치들조차 그 정도에 따라 좋은 것으로 남을 수도, 좋지 않은 것이 될 수도 있다. 일반적으로 좋은 가치로 여겨지는 성실과 근면도 도가 지나치면 독이 된다.

그럼에도 무언가를 이루어가는 과정, 그 과정은 모두 다르고 추구하는 방식 역시 모두 제각각일지언정 무언가를 이루어간다는 과정 자체는 의미가 있다. 자신이 추구하고자 하는 바를 알고, 그 길을 걷는 과정에서 지금 하고 있는 일이 의미가 있는지 생각하고, 선택을 하고, 노력을 하며 실패하더라도 다시 다잡고 또 그 길을 걸어가는 것.

설령 아무것도 이루고 싶지 않다 해도 그 역시 존중받는 선택이어야 한다. 우리가 경계할 것은 무언가를 이루기 위해 스스로는 움직이지 않으면서 곁눈질로만 타인의 노력을 보고, 그것을 폄하하고 또는 성공을 부러워만 하는 자세이다.

현재 상태도 당신을 재단하는 속성이 될 수 없다. 당신이 가지고 있는 열망, 그리고 그것을 실제로 바꾸어내기 위한 지속적 행동만이 의미 있다.

빠르게 뛰는 것, 앞선 출발점에서 시작하는 것, 이런 것들은

목표에 다다르는 데 큰 도움이 된다. 하지만 빠르게 뛰는
것도, 앞선 출발점에서 시작하는 것도 목표에 다다른다는
보증 수표는 아니다. 목표에 다다르는 방법은 오직 하나. '닿을
때까지 가는 것'이다. 조금 느려도. 출발점이 조금 멀리 있어도.

그냥 그렇게 될 때까지. 우직하게.

가지고 있는 역량도, 조건도 모두 다르기에,
천편일률적으로 무엇이 옳고 그르다고 말할 수 없지요.
과거에는 안정적이고 전망 좋은 의사, 변호사 같은
'사'자가 최고의 직업이었다면 지금은 인플루언서,
스포츠 스타 등 과거에 상상할 수 없던 다양한 직업들이
생기고 있으니까요.

누군가의 길을 보지 않고 나만의 길을 만들어가고
있다면 그것만으로도 충분합니다.
현재에 머무르지 않으려 하는 여러분을 진심으로
응원합니다. 잘하고 있어요.

내 방식대로의 성장

모두가 너에게
'왜 커다란 열매를 맺지 않느냐'고 다그칠 거야.

하지만 반드시 커다란 열매를 맺는 것만이
성장은 아니야.
너는 더 위로 가지를 뻗을 수도 있고
보다 아래로 뿌리를 내릴 수도 있고
몸집을 더 키울 수도 있고
심지어, 남들이 바라는 것보다 조금은 작고 못생기더라도,
훨씬 달콤한 열매를 맺을 수도 있어.

'성장'은 그런 거야.

남들이 강요하는 방향으로 뻗어나가야만 네가 자라나는 것은
아니야.

네가 더 나아가고 싶은 곳이 명확하기만 하다면
남들이 무어라 하든 너의 길을 가도 좋아.

그것이 커다란 열매든
가장 크거나 가장 뿌리 깊은 나무든
아니면 작더라도 가장 달콤한 열매든

네가 바라는 것을 잃지 마.
너만이 가지고 있는 성장에 대한 '정의'를 잊지 마.

결국 너는 그 방향으로 성장하게 될 거니까.

"네가 가진 성장의 정의를 잊지 마."

누군가가 정해놓은 길을 남들과 똑같이 갈 필요는
없어요. 우리는 공장에서 찍어내는 부속품이
아니니까요.

스스로에 대한 확신을 놓지 말아요. 남들이 정의하는
성공만이 성공은 아니에요.

그 속도도 옳아

그래, 어느 누가 처음부터 다 포기하고 대충 하고 싶었겠어.
처음에는 모두가 빛나는 꿈, 반짝이는 눈빛, 뜨거운 열정을
가지고 있었겠지.

다만 그게 자신의 생각보다 더 이루기 어렵고, 가끔은 운도
따라주지 않고, 만만하지 않다 보니 차차 포기하고 타협하고
순응하게 되었겠지.

정도의 차이야 있겠지만 누구나 그렇잖아.
나도 누군가에겐 보잘것없는 사람일 수 있고, 누군가에게는
그래도 괜찮은 사람일 수 있듯, 우리 모두는 위대함과 초라함
그 중간의 어딘가에 서 있을 뿐이야.

그로 인해서 파생되는 일들, 특히 타인에게 피해를 주거나 자기
자신을 갉아먹는 부정적인 감정까지 옹호하고 싶은 생각은
없어. 특히 타인의 행동에 보내는 조롱을 그런 의미에서 나는
증오해.

그렇지만, 누군가가 힘들고 어렵다는 것을, 열심히 헤쳐나가고
있다는 것을 이해하고, 때로는 주저앉아 있더라도 그 사람의
페이스를 내가 이해할 수 없듯이 그 사람의 역치와 나의
역치, 그 사람의 내구성과 나의 내구성이 다르다는 것 정도만
인정한다면, 그러면 조금은 상대를 너그러이 바라볼 수 있게
되지 않을까.

적어도 이 말이 닿을 사람들에게는 그냥 한마디 해주고 싶어.
잘하고 있고, 그 속도도 옳고, 오늘도 수고 많았다고.
내가 가끔씩 힘들고 주저앉았을 때 많은 분들이 진심으로
응원해 주고 힘을 북돋아 주었듯, 나도 누군가에게 갑작스러운
위로가 되었으면 좋겠어.

*"힘내요. 그 속도도 옳아. 너의 빠르기도 방향도 옳으니까.
지금처럼 하자. 해보자."*

성공은 정의하기 나름이고, 성공이 다가오는 때도
똑같지 않습니다. 오바마는 40대에 대통령이 되었고,
트럼프는 70대에 대통령이 되었어요. 커널 샌더스는
65세가 되어서야 KFC를 창업했답니다.

아직 조급해하지 않아도 돼요. 성공이 다가올 때까지
내가 깨어 있으면 되니까요.

타인의 평가에 힘들어하는 당신에게

저는 과거에 어떤 직장에서 거의 잘리다시피 퇴사한 경험이
있어요. 분명히 제가 잘못한 것도 있지만, 제가 하지 않은
말까지 거짓으로 부풀려지며 불리한 상황에 놓이게 되었죠.
저는 그 직장에서 천덕꾸러기였고 저를 뽑아준 사람은 수시로
저에게 면담을 요구하며 퇴사를 바라는 무언의 압박을 넣었죠.

고통스럽더라고요. 그냥 다 벗어나고 싶고 도망치고 싶었어요.
그리고 끝내 그들의 이야기에 못 견디고 퇴사를 결심했어요.

그사이 많은 일이 있었지만, 다행히도 같은 직종의 더 인정받는
회사에 입사할 기회가 생겼고, 그 안에서 할 수 있는 최선을
다해 나름 괜찮은 동료라는 평가를 받았지요.

문득 과거 괴로웠던 곳에서의 생활이 떠올랐어요.
당시에는 모두가 저를 무능력하고 모자란 사람으로 취급했고,
저는 그 부정적인 언어에 갇혀 몸부림쳐 보아도 자꾸 더 안
좋은 늪에 빠져들었어요.

그런데 가만히 곱씹어 보니 그런 생각이 들더라고요.
제가 모든 걸 다 잘했다는 건 아니에요. 저도 잘못한 일이 많죠.
그들은 처음 면접 볼 당시에 제가 오면 하게 될 일에 대해서
설명해 주었지만, 실제로는 그 직장에서 그와 관련된 일은
전혀 주어지지 않았어요. 그리고 명백하게 악의를 품고 어떤
사람이 거짓 소문을 퍼트리고 다녔지만 제 양심을 걸고 저는
절대 그런 말을 하지 않았어요. 새로운 직장이 어떠냐는 질문에
"계신 분들 모두 좋고, 특히 워라밸도 잘 챙겨주시려 노력해
주셔서 너무 감사합니다"라고 했던 말이 어느 순간
"얘 전 직장보다 편해서 여기 놀러 왔답니다"로 변질되어
떠돌아다니는 그 상황은 제 잘못이 아니잖아요.

가스라이팅이라고 하죠.
주변 모든 환경의 동일한 압박에 스스로가 모자라고 못난
사람이라고 생각하지 않기는 어려워요.

하지만 저는 다행히 동일한 직종, 더 나은 직장에서 최선을

다해 괜찮은 평가를 받으며 그 트라우마를 극복했어요. 혹시나
비슷한 상황에 처한 분이 있다면, 결코 당신 잘못이 아니라고
위로하고 싶습니다.

누군가는 너를 보고 신중하다 하고
누군가는 너를 보고 답답하다 할 것이다.

누군가는 너를 보며 진취적이라 하고
누군가는 너를 보며 건방지다고 할 것이다.

누군가는 너를 보며 대범하다 하고
누군가는 너를 보며 성급하다 할 것이다.

어차피 이 자리에 있는 너는 변하지 않는다.
남의 평가, 남의 말 한마디에 휘둘리지 마라.
너는 그냥 그대로 '너'인 것이다.

그 사람은 너에게 파도와 바람이 아니라
같이 바다를 항해하는 또 다른 배 한 척일 뿐이다.

스스로의 중심을 그 누구 때문에라도 잃지 마라.

너를 정의하는 것은 타인의 '말'이 아닌,
네 가슴속에 타고 있는 그 열정이다.

물 끓이기, 노력 그리고 성취

성취는 물이 끓는 과정과 같다. 100도가 되기 전까지는 물이 끓지 않듯, 당신은 노력에 비례하여 즉각적으로 성취를 할 수 없다.

그러나 분명 물이 점차 온도가 올라가 끓고 있다는 징후는 얼마든지 있다. 기포가 생겨나고 물의 온도가 뜨거워진다. 내 목표에 당장 도달하지 못하더라도 차차 비슷한 단계에 오른다. *100도가 되어서야 비로소 끓는다는 식으로 비유하지만 정체되어 있을 시기에는 과거의 나와 비교하길 바란다.* 본디 내 안의 물은 차디찬 냉수였을 뿐이지 않은가? 설령 이번 물을 끓이는 데 실패했다 하더라도 당신은 따끈한 물을 담고 있을 것이다. 그 노력은 결코 사라지지 않는다. 다시 끓이면 된다.

당신의 열정으로 다시 물을 끓여라.

누구는 처음부터 끓는 물을 가지고 시작하기도 하고, 누구는 상온의 물을 가지고 시작하기도 하고, 누구는 운 없게도 얼음 조각으로 시작했을 수도 있다. 그러나 분명한 것은 그 그릇을 데우기 위해 스스로 노력하지 않으면 심지어 끓는 물로 시작한 사람조차도 식어버린다는 것이다.

물이 끓는 그 순간부터 당신은 성취를 맛보게 될 테지만, 성취는 증기와 같다. 이미 이루어버린 것은 그 순간 환희를 주지만 시간이 조금만 지나도 큰 의미가 없다. 우리가 과거의 성취에 연연해서는 안 되는 이유다.

그렇다 해서 과거의 성취가 정말 아무런 의미가 없을까? 그것 역시 아니다. 당신의 주전자 안에는 여전히 팔팔 끓는 물이 있지 않은가? 당신이 노력한 것은 결코 당신 안에서 빠져나가거나 없어지지 않는다.

당신이 멈추지만 않는다면.

"99도까지 온도를 열심히 올려놓아도, 마지막 1도를
넘기지 못하면 물은 영원히 끓지 못한다. 물을 끓이는
것은 마지막 1도이다. 포기하고 싶은 바로 그 1분을
참아내는 것이다."

-피겨 여왕 김연아

'노력'에 대하여

노력은 전지전능함과 쓸모없음, 그 중간의 어딘가에
자리합니다.

노력해 봐야 소용없다는 사람도 있고, 사람이 유일하게 제어할
수 있는 건 노력밖에 없다고 말하는 사람도 있지요. 때로는
비아냥의 대상이 되기도 하는 노력.
저는 대표적인 '노력 예찬자'입니다. 살면서 '당연하게' 들어온
이야기가 '정반대'로 바뀌는 경험을 해보지 못한 사람은 그것이
얼마나 큰 희열인지 모를 겁니다.

저는 한때 '왜소하고', '목소리 가늘고', '평범한 성적'의
소유자였습니다.

지금이요? 이제 저런 말은 절대 듣지 않습니다. 운동으로
덩치를 키우고, 발성 연습을 해서 굵은 목소리를 낼 수 있게
되었으며, 열심히 노력한 끝에 목표한 곳에 진학했으니까요.
그게 노력의 결과이고, 그로써 희열을 얻었지요.

고기도 먹어봐야 맛을 알듯, 성취도 해봐야 맛있는지 알 수
있습니다.
그리고 고기를 사 먹기 위해 돈을 지불하듯, 성취를 얻기 위해
노력을 지불해야 합니다.

언제부터인가 노력을 비꼬는 게 유행처럼 되어버렸습니다.
저는 '노력'이 왜 가치가 없다고 이야기하는지 모르겠어요.
물론, 노력을 한다 해서 내가 메시보다 축구를 잘하거나 마이클
조던만큼 높이 뛸 수 있거나 우사인 볼트처럼 빠르게 달릴 수
있는 것은 아니겠죠.

그러나 우리가 하는 노력의 목표가 정말 '세계 최고
지향'인가요? 반드시 그렇지만도 않고, 모든 분야에서 그럴
필요도 없죠.

어떤 분야의 전문가가 되기 위해서는 약 1만 시간을 투자해야
한다는 '1만 시간의 법칙'이 있습니다. 그런데 이 법칙이

틀렸다는 이야기가 한때 화제가 되었지요.

사람들은 기다렸다는 듯 "거봐. 아무 소용 없어. 노력해 봤자 어차피 안 돼" 같은 말을 쏟아내며 그 소식을 공유했습니다. 그런데 재미있는 사실이 있어요. 그렇게 '어차피 안 된다'고 말하던 사람들은 사실 1만 시간의 법칙이 틀렸다는 사람의 주장을 제대로 알지 못한 채 자신이 원하는 부분만 듣고 있었다는 거예요.

1만 시간의 법칙이 틀렸다는 주장의 요지는 '노력해도 세계 최고가 되지 못할 수도 있다'는 것이지, '노력은 쓸모없다'가 아닌데, 사람들이 자꾸만 곡해하여 받아들이는 것이 안타깝습니다. 그저 하지 않아도 되는 이유만을 찾아 헤매는 사람처럼 굴면 무슨 도움이 될까요.

'노력해서 이룰 만한 여건에 있었기 때문에 그 사람은 노력한 것이다'라는 주장도 많이 합니다. 그러나 이 말도 쉽게 동의하기 어렵습니다. 반대로 생각하여, 그렇게 노력하기 어려운 환경에 있었던 사람이 얼마나 될까요?

오프라 윈프리는 어릴 때 당한 성폭행의 상처를 딛고 세계 최고의 쇼 진행자가 되었습니다. 오바마는 흑인이라는 태생적

한계를 딛고 미국의 대통령이 되었습니다. 스티브 잡스는
사생아였지요. 그리고 자신이 만든 회사에서 쫓겨났지만 세계
최고의 기업인 애플을 끝내 일구어냈죠.

미국 아이비리그 MBA에서 공부한 지인은 그곳에서 만난
다양한 사람들을 보면서 자신이 그들보다 공부를 잘하는 건
당연하다는 생각이 들었다고 합니다. 난민 신분에서 불법
체류자로 미국에 들어와 공부한 끝에 입학한 사람, 총탄이
빗발치는 내전 현장에서 탈출하여 끝내 입학에 성공한 사람,
노숙인으로 살다가 그 환경을 극복한 사람 등, 상상도 하기
어려운 환경에서 자신들만의 이야기를 만들어낸 사람들
앞에서 오히려 자신은 너무 평탄한 삶을 살아온 게 아닌가
하는 생각이 들 정도였다고 하네요.
여러분 중 이 사람들보다 더 불우한 환경에 처한 사람이
몇이나 될까요?
노력이란 무언가를 근본적으로 바꿀 수 있는 힘입니다.

정반대의 여건에 대해서도 이야기해 보죠. 괜찮은 환경에
있던 누군가가 무엇을 성취하는 것을 우리는 늘 배경 탓으로
돌립니다. 솔직히 재벌 총수가 사람들이 원래 가지고 있던
것들 때문에 그들이 들인 노력보다 훨씬 더 많은 것을 가진
것은 절대 부정하고 싶지 않습니다. 아무리 노력해도 수천억,

수조 원의 부자가 되는 건 결코 쉬운 일이 아니니까요. 그러나 그들이 그 엄청난 부를 지키기 위해 했던 '노력의 절대량'만큼을 하는 사람이 흔할까요. 좋은 환경을 타고난 사람조차도 자신이 가진 것을 지켜내기 위해 엄청난 노력을 합니다. 그 사람들이 갖춘 것을 단순히 배경이 준 혜택이라고 해서는 안 되죠.

배경이 아닌 재능 탓을 하는 경우도 있지요. 저 사람은 원래 머리가 좋다며 누군가가 이룬 성취를 깎아내리는 경우 말입니다. 한때, 서울대 3대 천재로 불렸던 고승덕 전 국회의원. 그가 단순히 '천재'였기 때문에 고시 3관왕이 되었다고 그의 노력을 폄하하는 사람들 중 그만큼 노력했던 사람은 아예 없으리라고 장담합니다.

이 글을 읽는 분 중 시간이 아까워서 반찬과 밥을 마구 섞어 매끼를 으깨 먹으며 공부에 매달려 본 분 있나요? "전국 1등을 해본 적은 없어도 고 3 때만큼은 전국에서 가장 열심히 공부했다"고 자부하는 저조차도 그렇게 공부하지는 않았습니다. 물론, 우리가 그만큼 노력했더라도 고시 3관왕이 될 가능성은 그리 높지 않았을 것입니다. 그게 바로 노력과 재능이 합쳐졌을 때 나타나는 결과의 차이니까요. 하지만 적어도 지금보다는 훨씬 더 나은 환경에 설 수 있게 되었을 겁니다.

노력한다고 세계 최고가 된다는 보장은 없지만, 세상이 정한
어떠한 가치를 반드시 달성할 수 있는 것은 아니지만, 기존의
나보다 한 단계 발전할 수는 있습니다. 이것이 핵심입니다.

그리고 그 성취가 쌓일 때, 세상이 따지는 그 가치 중 보다
좋은 가치를 손에 넣을 '확률'을 높일 수 있는 것이죠.

물론 최근 '노력'만으로는 성공하기 힘든 사회로 진입하였음을
절대 부정할 수 없습니다. 그래도, 어떤 위치의 어떤 사람도
전혀 노력 없이 그 가치를 성취한 사람은 없다는 것도
사실이죠. 순전히 운으로 성취한 가치가 설령 존재한다 해도
결국 다 사라지고 맙니다. 자기가 담아낼 수 없는 부와 명성과
권력은 결국 새어나가기 마련이거든요.

미국의 한 조사 기관에 따르면, 복권 1등에 당첨된 사람
대부분이 그 돈을 5년 안에 탕진한다고 합니다. 막대한
부를 관리할 능력을 갖추지 못한 채로 그 돈을 손에 쥐었기
때문이죠.

제가 노력 예찬자는 맞지만, 노력은 전지전능하지 않다는
사실도 잘 압니다. 그래도 노력은 쓸모없지 않아요.

오히려 노력은 '전지전능함과 쓸모없음' 그 어딘가에 있습니다.
'반드시' 나아지는 것을 의미할 수는 없어도 그 나아질 수 있는
'가능성'을 높여주는 것만큼은 '반드시' 약속할 수 있고요.

사실 노력도 여러 가지 재능 중 하나라고 생각합니다. 다만
다른 재능과는 다르게 '있다/없다'로 나눌 수 있는 것이 아니라
누구나 약간이라도 할 수 있고 누구는 끝내 버텨내고야 마는
아날로그적 재능이죠.

노력을 굳이 다른 단어로 바꾸어보면 '근성', '의지', '끈기',
'그릿' 정도가 되지 않을까요?

"나는 선수 시절에 9천 번 이상의 슛을 실패했고, 거의
300번의 경기에서 졌다. 경기를 승리로 이끌라는 특별
임무를 부여받고도 26번이나 실패했다. 그리고 나는
인생에서 거듭 실패를 계속해 왔다."

"이것이 정확히, 내가 성공한 이유다."

- 농구 황제 마이클 조던

성취에 이르는 방법

"많은 사람이 목표와 함께 데드라인을 만들거든요. 그런데 데드라인을 못 지키면 그냥 그 목표를 놓아버려요. 그런 게 반복되거든."

"근데 남들은 내가 했는지 안 했는지에만 관심이 있지 내가 설정한 데드라인을 지켰는지 안 지켰는지까지는 관심이 없어요. 그러니까 일을 해보다 *기한을 넘겼다고* 해서 포기해야 *할 이유가 하나도 없는 거야.*"
"결국 남들이 기억하는 것은 하나야. 했느냐 못 했느냐. 그리고 그런 일들이 쌓이면 사람들이 나를 그렇게 부르기 시작해요."
"저 사람은 하겠다고 다짐하면 반드시 이루는 사람이라고."

나와의 약속은 생각보다 시간이 중요하지 않습니다.
해내느냐 그렇지 않으냐가 훨씬 중요해요. 잠시
나태해졌다고, 잠깐 손을 놓았다고 포기하지 마세요.
할 수 있으니까요.

'멋있는 척'이 '멋진 사람'을 만든다

살다 보면 당연히 여러 가지 상황에 직면하게 됩니다. 숨 쉬듯 자연스러운 상황부터 다소 당황스러운 순간까지.

이때 마음 가는 대로 행동해도 되지만, 저는 언젠가부터 잠시 멈추어 이런 생각을 하는 습관을 들이기 시작했어요.
'내가 이 상황에서 멋있는 사람이 되려면 어떻게 행동하는 게 좋을까?'

상식이 안 통하는 사람에게까지 친절하라거나, 감당할 수 없을 만큼 경제적 무리를 하라는 게 아니에요. 하지만 '아마도 멋있는 사람이라면 이렇게 행동했을 거야'라고 생각하고 그걸 행동으로 옮기면 차츰 그 행동이 쌓여서 진짜 내가 멋있는 사람이 되는 놀라운 경험을 하게 됩니다.

일상에서 만나는 경비 아저씨, 청소부 아주머니께 먼저
인사하는 일 등 아주 사소한 것들로 시작하면 됩니다.

누군가 악의 없이 저지른 실수는 눈감아 주는 일, 내가
잘못했을 때 인정하고 사과할 수 있는 일도 있겠죠.

토마토주스를 쏟은 승무원에게 화내지 않고 어떻게 하면
얼룩을 지울 수 있을지 물어 화장실에서 가볍게 세탁한 일이
있습니다. 연신 사과하며 세탁비를 내미는 사무장에게, 저분
안 혼내면 받겠다고 이야기했죠.

또 한 해가 시작되는 날 배달원에게 먼저 음료수를 건네며
새해 복 많이 받으시라고 말씀드린 일도 있습니다.

'애초부터 바른 사람이어서' 가능한 일이 아니라 '멋진
사람이라면 이 상황에서 어떻게 행동했을까?'라는 잠깐의
생각이 저를 그렇게 행동하도록 만든 거죠.

그렇게 몇 년이 지나고 보니, 어느덧 그런 일이 모이고 쌓여
평판이 되고 이미지가 되고 실제 나도 점점 그런 사람이 되어

있더라고요.

'멋있는 사람이라면 어떻게 행동했을까?'
잠깐 멈추고 이 생각만 해봐도 참 많은 행동을 바꿀 수
있습니다.

우리는 멋진 사람이고 싶으니까요.
그를 위해 아주 약간의 손해 정도는 기꺼이 감수할 수
있으니까요.

요식업 사업가이자 방송인인 백종원 대표는 방송에서
다음과 같은 말을 했습니다.

"잘하는 척을 하는 것은 중요합니다. 척을 하다 보면
습관이 됩니다. 공손한 척을 하다 보니 말을 잘하게
됐어요. 잘하는 척이 모여 잘하는 사람을 만듭니다."

"처음에는 이 시점에서 기부하면 착하다고 하겠지
생각해서 시작했는데, 칭찬을 받으니 더 좋은 에너지가
생기고 중독이 생겨서 하게 됐어요. 결국에는 나에게도
도움이 되니 하는 일들입니다."

누군가에게 멋있게 보이기 위해 하는 행동들이 결국 그
사람을 멋지게 만드는 일은 주변에서 흔히 볼 수 있죠.
여러분도 멋진 사람인 척 행동해 보지 않으시겠어요?
진짜 멋진 사람이 되기 위해서 말이죠.

'멋'은 이타심으로부터

'멋'은 이타심 없이 발현되기 어렵다.

맞은편에 누군가 있을지도 모른다는 생각으로 문을 밀지 않고 당기고, 내 뒤에 따라오는 누군가가 있다면 내 시간이 쓰이더라도 잠시 문을 잡아주는 일.

아주 쉬운 일이지만 이타심이 없다면 할 수 없는 일이다. 내 뒤에 따라오는 누군가를 위해 문을 잡고 있지 않는다면 나는 더 빨리 목적지로 향할 수 있으니까.

나의 이기심을 내려놓고 타인을 배려하는 마음에서 '멋'이 생겨난다.

나의 시간을 할애하고, 상대방의 감정을 헤아리고, 따뜻한
말투를 사용하는 일.
*좁게 생각하면 작은 희생이지만, 넓게 생각하면 나의 품격을
높이는 일이다.*

잠깐 동안의 불리한 행동이 나를 얼마나 높여주는 일이 되는지
굳이 따지지 않아도 알 수 있는 일이다.

대단한 희생과 엄청난 인내가 아니어도, 사소한 이타심이
당신을 멋스럽게 만든다.

'멋'은 이타심으로부터.

'멋있다'는 말은, 아무나 할 수 없는 일이라는 뜻이기도
합니다.

이런 사람이 좋다

어떤 빈틈도 없거나, 한번 휘청했다고 모든 걸 놓아버리는
사람보다, 자신이 어기면 안 되는 마지노선까지 스스로를
풀어주고 마지노선에 가까워지려 하면 최선을 다해
원상회복시키는 사람이 좋다.

어떤 빈틈도 없는 사람은 앞으로 어떻게 꺾일지 모르고, 한번
휘청했다고 모든 걸 놓아버리는 사람과는 관계를 이어나갈 수
없지만, 스스로에 대한 기준이 있고 그걸 지키는 사람한테서는
여유와 엄격함을 동시에 배울 수 있기 때문이다.

한 번의 큰일을 해내고 매너리즘에 빠지거나 번아웃을 겪어
큰일을 해낸 업적을 다 무너뜨리는 사람보다, 조금씩이라도

앞으로 나아가는 사람이 좋다. 단 한 번이 모든 것을
바꾸기에는 삶은 길고 사람의 능력은 유한하다는 것을 알고
있는 사람이라는 뜻이기 때문이다.

과정을 자꾸 말하는 사람보다, 묵직하게 결론을 말하는 사람이
좋다. 시작은 누구나 말할 수 있고, 과정은 대부분 말할 수
있다. 그러나 결과는 다소 부족하더라도 행동한 사람만이 말할
수 있다. 어떤 멋진 말도 우직한 행동보다 가치 있지 않다.
행동의 가치를 아는 사람이 좋다.

작은 것들을 소중하게 여기는 사람이 좋다. 그가 큰 꿈을 꾸고
있지 않다 해도 그 자체로 아름다운 일이고, 그가 큰 꿈을
꾸고 있다면 큰 꿈에 다가가는 과정에서 작고 힘없는 것들을
희생시키지 않을 가능성이 높기 때문이다.

기쁨을 많이 주는 사람이 좋다. 그러나 그보다는 실망을
시키지 않는 사람이 좋다. 감정은 오르락내리락할 때보다
호수처럼 잔잔할 때 안정적이기 때문이다. 환희와 절망의
롤러코스터보다는 잔잔한 안정이 더 좋다.

그리고 이 모든 것은, 내가 나에게 바라는 모습이기도 하다.
빈틈 많고 마지노선까지 풀어주더라도 원칙을 위배하지는

않는 사람.
한번에 대단한 일을 해내지는 못하더라도 조금씩이나마
성장하기 위해 애쓰는 사람.
과정보다는 부족할지언정 최선을 다한 결과로 말하는 사람.
큰 꿈을 가지고 있더라도 길가에 핀 풀꽃 한 송이에 감동할 줄
아는 사람.
기쁨과 절망의 롤러코스터보다는 잔잔한 호수처럼 평정심을
갖춘 사람.

내가 좋아하는 모습의 사람으로, 내가 되고 싶다.
내가 좋아하는 모습의 사람으로, 내가 살고 싶다.

당신은, 당신이 타인에게 바라는 모습으로 살아가고
있나요?

밤 산책

어느 늦은 밤 산책길에 자주 가는 미용실이 환하게 밝혀져
있는 것을 보았다.

영업시간이 한참 지났을 시각인데 왜 불이 켜져 있을까
의아해하며 슬쩍 안을 들여다보니, 모두들 퇴근하고 새로
들어온 어시스턴트 두 분만이 더미(모형)의 머리로 열심히 연습
중이시다.

산책 코스를 두 바퀴 세 바퀴 도는 동안 계속 그렇게
열심이시다.

저분들 오전부터 자리 안내하고, 머리 감기고, 드라이해 주는

보조 업무도 당연히 할 텐데 잠은 제대로 주무실까.

안타깝다는 생각이 들다가도 생각해 보면 *성장하는 시간은 늘 치열한 자기와의 싸움이었지. 저분들은 지금 성장하는 시간의 한가운데에 계시는구나* 싶어진다.

갑자기 시간을 되돌려 지난번 일이 생각난다.
머리 자르러 갈 때마다 머리를 감겨주시고 드라이해 주시는 어시스턴트분이 계셨다. 꽤나 오래 알고 지냈는데 지난번 갔을 때 그분이 생글거리며 하던 이야기.

오늘이 마지막이라고, 디자이너로 승격해서 다른 곳으로 옮긴다고. 그분이 느낀 환희의 순간은 저분들의 치열함이 모이고 쌓여서 이루어진 것이라는 걸 알게 되니 더 감동이었다.

취객과 술자리가 가득한 거리 한복판에서 치열함을 불태우는 두 분을 보며, 알 수 없는 뜨거움을 느꼈다.

다음번에 머리하러 가면 그 모습 너무 멋져 보였다고 말씀드려야지.

밤늦게까지 고생하시는 두 분, 꼭 멋진 디자이너가 되시길!

성장은 대부분 고통을 수반하지만,
고통 앞에 치열했던 순간이 결국 성장하는 시간이다.

미래의 내 아이에게
들려주고 싶은 이야기

살면서 자신에게 다가오는 환희의 순간은 참 많단다.
하지만 그 순간이 세상을 바꾸지는 않아. 그렇다고 해서
실망하지는 않았으면 좋겠어.
네가 해온 일들이 결코 쓸모없는 것이 되는 것은 아니니까.

아빠도 살면서 그런 생각을 참 많이 했어.
시험에서 백 점을 맞는 것만으로 세상을 모두 가질 수 있다면
얼마나 좋을까.
훌륭한 학교에 들어가는 것만으로 앞길이 창창하게
보장된다면 얼마나 뿌듯할까.
맘에 드는 물건을 손에 넣음으로써 세상 모두의 주목을 받을
수 있다면 얼마나 짜릿할까.

설레는 고백 이후 영원한 행복만 있다면 얼마나 편할까.
공들인 일을 성공함으로써 인생이 영원히 성공한 것이라면
얼마나 행복할까.

그러나 백 점을 맞아도, 좋은 물건을 손에 넣어도, 사랑하는
사람을 얻어도 내가 원하는 세상이 영원히 펼쳐지지는
않는단다.
오히려 나는 세상 모두를 얻은 기분임에도 세상은 전혀 바뀌지
않는다는 데 실망할 나날이 많을지도 모르지.

하지만 그런 실망은 네가 좌절하고 아파할 실패에 다다랐을
때 적용해 주었으면 좋겠다. 지금 좌절하고 아파하는 이유는
눈앞의 일이 전부라고 여겼기 때문이거든.

네가 성취해 온 모든 일이 세상을 바꿀 수 없듯, 지금 세상
그 누구보다 죽을 듯이 아픈 그런 일도 결국 너를 송두리째
무너뜨릴 수는 없어.

작든 크든 실패나 성공을 살아가는 동안 너는 겪게 될 거란다.

하지만 네가 지금까지 이뤄온 성공에 취하지 않고, 꾸준히
나아갈 수 있는 사람이기를 바라본다.

너의 성취가 해적들이 노획물을 얻듯 눈앞의 성과로 나타나지 않을지라도, 그것이 앞으로 다가올 시련에 맞설 방어막은 되어줄 것이거든.

네 몸 앞에 벽돌 하나를 쌓는다 해서 널 향해 다가오는 폭풍을 막을 수는 없겠지만 너만의 소중한 벽돌을 계속 쌓아나간다면, 너는 어느새 너만의 근사한 성을 갖게 될 거야.

그것이 우리가 살면서 '노력'해야 하는 이유이고 작은 성취가 무의미하지 않은 이유이기도 하지.

어떠한 실패도 너를 완전히 무너뜨리지 못해.
그리고 모든 성취는 너만의 성을 짓기 위한 네 앞의 작은
벽돌들이란다.

어떠한 시련이든 실패든 그 앞에 당당하길 바란다.

살면서 늘 성취와 실패를 잘 조율하며 결코 물러서지 않기를 바라며…….

"아이야, 삶은 다양한 색상의 벽돌을 쌓아가는
과정이란다."

Warm story #2 인간관계

미국 최고의 보디빌더이자 영화배우, 캘리포니아 주지사였던 아널드 슈워제네거는 휴스턴 대학교 졸업식 연설에서 "누구도 스스로 성공할 수 없다"고 말했습니다. 자신이 최고의 보디빌더 자리에 오를 수 있었던 건 자신을 도와준 사람들이 있었기 때문이며, 자신은 자수성가를 믿지 않는다고요.

아이러니하지 않나요? 가난한 유년 시절을 극복하고 세계 최고의 자리에 오른 사람이 자수성가를 믿지 않는다는 것이.

그는 계속 말을 이어나갑니다.

"여러분이 남의 도움을 받아 이곳에 있음을 깨달아야, 지금이 바로 남을 도울 적기임을 알게 될 것입니다."

우리의 삶도 마찬가지입니다. 나를 도와주는 사람이 있고,
내가 돕는 사람이 있죠. 그리고 나를 끌어내리려 하는 사람도
있습니다.

이번 장에는 살아가며 부대끼는 많은 사람과의 관계에서
일어나는 여러 가지 일을 담아보았습니다. 내가 좋은 사람일
때, 주변에도 좋은 사람이 모입니다. 주변에 좋은 사람이
모일 때, 우리는 함께 성장합니다.

불가능을 가능으로 이끄는
당신의 격려

사람들은 자기가 속한 집단의 사람이 '자신과 같은 수준'일
것이라고 생각하는 경향이 있다. 이는 대개 상대방을 높이
평가하기보다 상대방이 하려는 새로운 시도나 도전에
부정적인 평가를 내리는 근거가 된다.

"네가 그걸 어떻게 해?"라는 말에는 '너는 같은 집단에 속해
있는 나랑 수준이 비슷한 사람이잖아. 그런데 지금껏 내
주변에서 그런 일을 성공시킨 걸 본 적이 없는데, 네가 그걸
어떻게 해?'라는 속내가 숨겨져 있다.

자신과 성적이 비슷한 사람이 자신은 생각해 보지도 않은
대학에 진학하고 싶다고 한다든가, 직장 동료가 세상을 바꾸는

일을 하고 싶어 할 때 주변 사람들이 그렇게 반응하는 것은
어쩌면 당연하다.

'어려운 일을 이룬다는 것'은 확률적으로 그렇게 될 가능성보다
되지 않을 가능성이 더 높기 때문이다.

또한 대부분의 사람들이 하는 '선언'은 '선언'으로 그치는
경우가 많다.

"○○해야 하는데"라고 말하는 사람이 만 명이면
○○를 시작하는 사람은 천 명이고
○○를 꾸준히 하는 사람은 백 명이며
○○를 통해 원하는 목표에 근접하는 사람은 열 명이고
○○를 통해 원하는 목표 또는 그 이상을 이루는 사람은 한
명이다.

그러니 어쩌면 주변 사람들이 "그게 될까?"처럼 반응하는 것은
당연하다. 그것은 당신을 무시해서가 아니라 그 사람이 지금껏
보고 듣고 느낀 세계에서는 그것이 '불가능'하다고 여기기
때문이다.

나는 내 주변에서 '불가능해 보이는 선언'을 하는 사람에게

큰 흥미를 느낀다. 이유야 어찌 되었든 남들이 꾸지 않는
꿈을 꾸는 사람들에게서만 느낄 수 있는 특별한 매력이 있기
때문이다.

물론 그 불가능해 보이는 선언 이후 그 사람의 일상을 보면
대다수는 '말로만 그치는' 경우가 많다. 이런 경우에는 나
스스로 조용히 그 기대를 접으면 된다.

하지만 가끔은 말이 안 되는 일을 해내는 사람들이 있다.
그렇게 말도 안 되는 성과를 이룬 사람들이 나에게 다시
찾아와 공통적으로 해주는 말이 있다.

*"그때 될 거라고 믿어줘서 정말 고마워. 아무도 그렇게 이야기
안 했는데."*

무언가를 이루는 것은 그것이 큰일이든 작은 일이든 결코
쉬운 일이 아니다. 그리고 그 사람에게 우려의 시선을 보내는
것이 '이성적 판단'에 더 가까운 행동일지도 모른다.

하지만 주변에 지금은 이루거나 가진 것이 없지만 적어도
꿈만은 단단하게 꽉 차 있는 사람이 있을 것이다. 이런
사람에게 당신이 "난 당신이 해낼 것을 믿는다"고 해준다면,

그가 정말 그 일을 이루어냈을 때 당신은 그에게 '당시 긍정을
불어넣어 준 몇 안 되는 소중한 사람'이 될 것이다.

타인의 불가능을 응원해 주는 것.
그것만으로도 그 사람은 '불가능'에서 한 글자를 지워버리고
'가능'으로 만들 큰 힘을 얻는다.

누구에게나 시작은 있죠. 시작부터 화려하거나 위대한
사람은 없습니다.
목표를 향한 순수한 열정을 가진 사람에게 따뜻한
응원을 보태는 일은 어떠한 경우에도 손해 보지
않습니다.
그리고 여러분 주변에 그런 사람이 있을지도 모르는
일입니다.

몸에 좋은 약, 관계에 좋은 행동

"보통 한약 먹을 때나 몸에 좋은 디톡스든, 효소식이든 하는
동안은 술을 마시면 안 된다, 이런저런 음식은 먹지 말라는
말이 항상 따라붙잖아요."

"그런데 가만 생각해 보면 몸에 좋은 거 굳이 안 먹어도, 사실
먹지 말라는 것들만 안 먹어도 몸이 좋아지겠죠."

"사람 관계도 마찬가지인 게, 상대방이 기뻐하는 것을 해주면
관계가 더 좋아지는 건 맞아요."

"그런데 확실히 관계에 악영향을 끼치는 것들을 하지 않는 게
그 관계를 더욱 건강하게 만드는 길인 것 같아요. 좋은 것을

해주는 것도 중요하지만 안 좋은 것을 하지 않는 것이 더욱
중요하죠."

"좋아하는 것을 해주면 기쁨을 주지만, 싫어하는 것을 하지
않으면 신뢰를 주지요."

'건강함'은 과함이 아닌 '절제'에서 옵니다.

한 사람의 일생을 바꾸는,
따뜻한 말 한마디

초등학교 6학년 시절이었다.

그저 '모범생'으로만 학교를 다니며, 운동도 못하고 할 줄
아는 건 공부뿐이던 나는, 2차 성징을 겪으며 5~6학년
사이에 급격하게 달라졌다. 신체도 커지고, 늘 꼴찌만 하던
달리기에서도 1~2등을 하게 되고, 5급만 나오던 체력장에서
처음으로 2급을 맞는 등 많은 변화를 겪었다.

신체 활동에 자신감이 생기니 공부는 자연스레 멀어지고,
아이들과 흔히 '패거리'로 몰려다니며 각종 운동을 하고,
그러다 시비가 붙으면 싸움도 마다하지 않았다. 어쩌면 너무
모범적으로만 살아오던 나의 삶을 바꾸고 싶었던 일종의

몸부림이었을 것이다.

학급 문집에 넣을 자작시를 한 편씩 지어오라는 담임 선생님의
말씀에 한참을 몸을 배배 꼬며 어려워하던 나는, 다니던 컴퓨터
학원의 워드프로세서 교재에 나와 있는 시를 거의 베끼다시피
하여 제출한 적이 있다.

며칠 후, 담임 선생님께서 나를 따로 불러 이렇게 말씀하셨다.
"재성아, 이 시는 선생님이 어디선가 본 것 같은데, 혹시 베낀
건 아니니?"
괜스레 반항하고 싶었다. 사실 양심에 찔리는 일을 했기 때문에
오히려 더 큰소리를 쳤던 것 같다.

"아, 싫으시면 문집에서 **빼면** 되잖아요!"
내가 당시의 담임 선생님이었다면 어떻게 행동했을까? 아마도
매를 들거나 벌을 주었을 것 같다.
그러나 당시 담임 선생님은 내 손을 지그시 잡으며 이렇게
말씀하셨다.

"재성아, 선생님은 말을 예쁘게 하고 예의 바르게 행동하는
재성이 모습이 좋았어. 그런데 요즘 부쩍 반항기 있는 모습을
보니 그 시절의 재성이가 참 그립고 가슴이 아프네."

마음속 유리가 와장창 깨지는 느낌이었다.

뒤통수를 세게 얻어맞은 기분이었다.

멍한 표정으로 자리로 돌아갔다.

이내 참지 못하고 화장실로 뛰어 들어갔다.

문을 걸어 잠그고 한참 동안을 엉엉 울었다. 정말 한참 동안을.

그 이후로 험한 말을 쓰지 않으려 노력해 왔다.

지금도 '욕'이나 '험한 말'을 모르거나 못 쓰는 것은 아니지만

되도록 '안' 쓰려 노력한다.

이러한 생각은 그 선생님의 따뜻한 한마디가 없었다면

생겨나지 않았을 것이다.

수십 번 매를 들었던 선생님보다 더 큰 울림을 주셨던

선생님의 진심 어린 안타까움. 그것이 나를 크게 변화시켰다.

무려 수십 년이 지난 지금까지도 생생하게 기억나는

에피소드다.

선생님의 소식을 듣기 위해, 중학생 이후 꽤 여러 번 노력했다.

그러나 선생님들은 전출을 다니는 특성상 계신 곳을 쉽게

알 수가 없었다. 그러나 나는 아직도 은사님을 잊을 수가 없다.

앞으로도 절대 잊지 못할 것이다.

어떤 작은 기억은 평생을 지배한다.
누군가는 잊고 지냈을 그 한마디가 평생의 기억으로 작용하는
순간이 있다.
이것은 긍정적일 때도, 부정적일 때도 마찬가지다.

수십 년 전 당신의 충고가 내게 엄청난 계기가 될 것이라고
생각하지 못했을 은사님과 같이, 나도 지금껏 살아가며 수많은
사람과 이야기를 주고받으며 누군가에게는 잊지 못할 감동을,
또 누군가에게는 잊을 수 없는 아픔을 주었을 것이다.

*말은 순간의 '발화'이지만 때론 그 말이 '평생을 지배하는
기억'이 될 수 있음을 실감한다.*
일상이 소중한 까닭은 모든 큰 꿈과 도전과 열정, 그리고
아픔과 고통, 감동도 결국 어느 한순간의 발화로 피어나기
때문일 것이다.

지금껏 제대로 해오지 못했던 일이 있다면 바로잡기 위해
노력하며 살아가고 싶다.
그리고 앞으로는 나도 누군가에게 '평생을 지배할 수 있는
좋은 기억'이 될 만한, 그런 말을 할 수 있는 사람으로 살아가고
싶다.

여전히 완전하지 못하고, 평생을 간다 해도 완전과 거리가
먼 사람으로 살 테지만 적어도 꾸준히 노력하는 사람으로
살아가고 싶다.

내게 감명을 주신 그 모든 분처럼 나도 누군가에게 그런
존재가 되고 싶다.
따뜻한 말로 '울림'을 줄 수 있는 그런 존재가 되고 싶다.

타인에 의한 변화는 비단 성취에만 국한되지 않죠. 깊은
감동을 받는 말 한마디가 그 사람의 인격을 좌우할 수도
있습니다.

초등학교 6학년 때 은사님, 지금도 뵙고 싶습니다.

서로

종종,
보통은 내가 힘들고 벅찰 때 주변을 돌아보면

나 말고는 모두 행복하게 살아가는 것 같고
산적한 일들을 척척 멋지게 처리해 나가는 것 같고
나만 고민에 싸여 있는 것 같고
나만 주어진 일을 제대로 해내지 못하는 바보 같잖아.
한없이 작아지고, 위축되고, 지금까지 뭐 했나 싶어 도망치고
싶잖아.

말수가 줄어서 누군가에게 하소연도 하기 힘든 그 시기에,
용기 내서, 정말 용기 내서 내 눈에는 너무나 눈부시기만 한

사람에게 물어봤어.
"너도 지금 힘드니?"
그런데 의외로, 그 사람이 한숨을 푹 쉬더라.
내색하지만 않았을 뿐 그 역시 비슷하더라고.

뭐든지 다 알 것 같은 그도 모르는 것 천지이고 뭐든지 다 할
것 같은 그도 힘든 일투성이더라.

타인이 고민을 가지고 있다는 사실을 아는 것만으로도
세상에서 나 혼자만 바보가 아닐까 싶던 막연한 불안함이
사르르 녹아내리더라.

누군가에게 위로를 받는다 해서 내 앞의 문제가 사라지진 않아.
그래도 나는, 가끔은 위로가 필요하다고 생각해.
다독여줄 수 있기에, "서로"라는 말이 의미가 있는 것이니까.

힘내, 당신. 조금 더 같이 가보자.

타인의 소셜 미디어를 보고 나는 왜 이렇게 초라할까
하는 생각, 한번쯤 해본 적 있으시죠? 그러나 그렇게
비교하지 마세요. 타인이 고르고 골라 가장 자랑하고
싶은 모습과 지금 당신의 평범한 모습이 똑같이
화려하면 그게 더 이상하잖아요?

충분히 가치 있는 삶을 살고 있어요, 당신.

'도움'이라는 그럴듯한 핑계에
매몰되지 마라

중학생 때와 고등학생 때 한 번씩 따돌림을 받은 기억이
있다. 초등학생 때도 따돌림까진 아니어도 비슷한 일을 당한
적이 있고. 스스로는 아니라고 생각하려 애썼지만, 그런 일을
반복적으로 겪으며 나에게도 분명 문제가 있다는 생각을
떨쳐버리기 어려웠다.

중고등학교를 같이 다닌 친구들하고 대학 시절까지 종종
만나기도 하고 연락을 하며 지냈다. 그중 여전히 이해하지
못하는 일이 있었다. 그래도 한때는 나에게 잘해주었던
누군가가 나에게 모욕적인 말을 하거나, 빈정대는 일이 잦았다.
예를 들면, 카투사로 군복무를 했던 나한테 계속 "야, 미군!"
이라고 말을 하다 막상 술자리가 끝나고 일어날 땐 "야,

니가 쏴. 너 공무원이잖아" 같은 말을 하는 식. 당시 월급 25,000원을 받던 군인에게 그날 술값을 다 내라는 건 대체 무슨 심보였을까? 그저 그 상황에서도 날 곤란하게 만들고 싶었겠지.

처음 한두 번은 참았지만 그 이상은 참지 못하고 너 왜 말을 그런 식으로 하냐며 언성을 높였다. 차라리 치고받고 주먹다짐으로 갔다면 모르겠는데 그 녀석의 입에서 나온 말이 너무 황당해서 아직도 머릿속에 남아 있다. "야, 너 성격이 얼마나 별론 줄 알아? 너 전에 왕따도 당했잖아. 이런 일로 너 성격 다듬어주려고 그러는 거야."

더 웃겼던 사실은 그 말에 내가 지금처럼 어이없어한 게 아니라 '정말 그런 의도가 있는 걸까'라고 계속 고민했다는 것이다. 그만큼 당시의 나는 많이 움츠러들어 있었다.

누군가가 나를 위한답시고 하는 말이 사실은 그 사람의 욕심을 채우거나 나를 짓이기고 싶은 마음을 그럴싸하게 포장한 것뿐이라는 사실을 그때 이후 깨달았던 것 같다. 내가 모두 잘했다 생각하진 않는다. 다만 나 스스로를 다듬어가며 성숙시키는 동시에 상대방의 말이 옳은 게 아님을 인지하고 중심을 잡는 일이 필요했다.

따돌림당한 사실이 꼭 내가 큰 잘못을 한 것과 동치는
아니라는 사실을 깨달았다. 지금 다시 생각해 봐도 '튀는
행동'을 하는 사람에 대한 집단 저항이 굉장히 심했다. '너도
이 집단인 주제에 왜 더 잘나가려 해?' 모두가 잘나가고 싶어
했으면서 더 올라가려는 누군가는 짓밟는 게 생활화되어 있던,
어찌 보면 참 야만적인 시절이 아니었나 싶다.

시간이 꽤 많이 흘렀다. 그 시간의 터널을 지나오는 동안
나에게 '인격 수련'을 시켜준다던 그 녀석과는 사이가 완전히
틀어져서 이제 따로 연락하지는 않는다. 사실 사이가
틀어졌다기보단 그 이후에도 여전히 어깃장을 놓다 스스로
자신의 화를 주체 못 하고 인연을 끊은 셈이다. 다시 친하게
지낼 생각은 전혀 없지만 가끔 소셜 미디어에서 그 친구가
나와 아는 다른 친구의 글에 흔적을 남긴 글들을 보면 당시
내 판단이 옳았다는 생각이 든다. 여전히 전혀 인격적으로
성장하지 못했다는 게 보이는 한마디 한마디들. 이젠 그냥
모르는 사람으로 살면 되니 상관은 없지.

그는 아니라 말할지 모르지만, 애당초 자신이 나보다 앞선다
생각했던 다양한 가치에서 하나하나 내가 역전해 나가는
모습이 싫었을 것 같다. 인정하고 그냥 잘 지내면 되는데, '너
따위가 날 역전하다니 그럴 수 없어!'가 그가 어깃장을 놓게

만드는 기폭제가 되었던 게 아닐까 싶다. 자신의 열등감 표출이 그럴듯한 명분으로 포장되어 나를 향한 화살이 된 거다. '내 성격을 둥글게 만들어주겠다'는 꽤 그럴듯한, 그러나 말도 안 되는 핑계로.

당시의 내가 모두 옳았고 상대방이 무조건 잘못했다고 말할 생각은 전혀 없다. 모두가 미숙했던 10대, 20대 초반이었으니까. 오히려 모두가 미숙했음을 깨달았을 때, 나는 나만의 일방적 잘못이 아닐까 하는 우려에서 빠져나올 수 있었다. '모두가 부족한 사람이다'는 사실을 깨닫는 순간 많은 부분에서 자유로워질 수 있었다.
사람이 부정적 환경과 상황에 내몰리면 누구나 심하게 위축되곤 한다. 그리고 그럴싸한 핑계로 나를 옥죄어 오는 일들이 정말일지도 모른다고 생각할 수도 있다. 그런데 그때 꼭 생각해야 한다. 나를 위한다는 저 행동들이 진짜 나를 위하는 게 맞는지를.

내가 '아니다'라고 느낀다면 적어도 나에게만큼은 무조건 아닌 거다. 너를 성숙시키기 위한 일이라고 말해도, 너를 성장시키기 위한 말이라고 해도 내가 받아들일 수 없는 수준이라면 빠져나와야 한다. 그 사람의 의도가 어찌 됐든, 당신이 너무 고통스럽다면 그건 당신을 위한 일이 아니기 때문이다.

대다수의 괴롭힘은 꽤 그럴듯한 명분으로 포장돼 당신을
옥죄어 온다. 물론 대부분은 허울뿐인 명분을 내세워 당신을
갉아먹기 위한 계략이다.

그 일이 내게 도움이 될지 안 될지 그 판단은 오로지 나만이 할
수 있다. *당신은 상황에 내몰려 비합리적 판단을 할 만큼 가치
없는 사람이 아니다. 나도 상대도 틀릴 수 있고 지극히 평범한
욕망을 가진 초라한 사람일 뿐이라는 사실을 잊지 않기를.*

혹시 지금 모든 게 내 잘못이 아닐까 생각하는 누군가가
이 글을 읽고 있다면 꼭 말해주고 싶다.

절대 당신만의 잘못이 아니라고.
어느 한쪽에게만 일방적으로 귀책사유가 있는 잘못은 거의
없다고.
상황에 매몰되어 모든 탓을 스스로에게 돌리지 말라고.

'가스라이팅'을 당하는 상황에서 혼자만의 힘으로
빠져나오기란 결코 쉬운 일이 아닙니다. 하지만 내가
모든 걸 잘못했을 가능성은 매우 낮다는 사실 하나만
기억하세요.

"다 널 위한 거야"가 정말 나를 위한 것인지 한번쯤
의심해 본다면, '도움'이라는 그럴듯한 핑계에 속아
넘어가지 않을 수 있습니다.

사람은 손 안의 모래

사람 사이의 관계란 손안의 모래와 같아서, 아무리 붙잡으려
해도 잡히지 않는 법이지.

그러나 그게 전부는 아니야.
네 손에 남아 반짝이는
진짜 네 사람들도 반드시 있다는 것을 잊지 마.
세상 수많은 사람이 모두 네 편이 될 수는 없어.

하지만 세상을 놓아버리고 싶어 손을 쭉 편다 해도, 끝내 네
곁에 남아 반짝이는 눈으로 너를 지켜주는 사람도 있다는 것,
잊지 마.

어려울 때 곁에 있어주는 사람이 나에게는 빛나는
사람이죠.
결코 혼자가 아니에요. 저도 지금 이 글로 당신을
위로할게요.

Warm story #3 사랑

살면서 짧은 시간을 차지하지만 가장 강렬한 느낌. 그리고
수많은 사람에게 가장 중요한 감정으로 자리 잡은, 살아가며
없어서는 안 될 필수 감정. 바로 사랑일 것입니다. 이성 간의
사랑, 가족 간의 사랑, 부모 자식 간의 사랑, 친구와의 사랑 등
사랑에도 다양한 종류가 있죠.

삶을 향기롭게 채워주는 놀라운 마법 같은 사랑 이야기를
담았습니다.

당신의 그 사람이 '좋은 사람'인 7가지 이유

모두가 좋은 사람을 만나 인연을 맺고 싶어 합니다. 하지만 어떤 사람이 좋은 사람일지, 어떤 사람을 놓치지 말아야 할지 아는 것은 쉽지 않은 일이죠. 아직 연인을 찾고 있는 사람이라면, 혹은 당신 곁에 이미 누가 있다면 이 내용들을 살펴보면 어떨까요? 물론, 나는 상대방에게 어떻게 행동하고 있는지 생각해 보아도 좋겠죠.

1. 당신의 이야기에 귀 기울일 줄 안다

언제나 말없이 당신의 이야기를 들어주기만 하는 사람을 말하는 것이 아닙니다. 자신의 이야기도 할 줄 알지만 대화를 나누는 시간의 30% 이상을 당신의 이야기를 경청해 주는 사람이라면 그 사람은 당신을 중요하게 생각하고 있다는

의미입니다. 당신이 어떤 이야기를 했는데 곧바로 대화를
자신이나 다른 주제로 돌려버리지 않고 후속 질문을 하며
관심을 보인다면 당신은 당신을 중요하게 생각하는 사람과
만나고 있다고 생각해도 좋습니다.

2. 당신의 취미를 존중하고, 함께 즐기려고 노력한다

당신과 상대방의 취미가 같다면 그것은 최고의 조합이겠죠.
그렇지 않더라도 당신의 취미 활동에 함께하려고 노력하는
사람은 기본적으로 당신과의 관계를 좋게 유지하고자 하는
마음이 강한 사람입니다. 당신의 취미와 특기를 존중해 준다는
것은, 오랜 시간 쌓아온 당신의 모습을 있는 그대로 받아들여
줄 수 있는 사람이라는 뜻이기도 하지요.

3. 부모와 좋은 관계를 유지하고 있다

부모님의 사랑을 받고 자란 사람은 좋은 것을 많이 보고
자랐을 가능성이 크고, 대부분은 부모님과의 관계도 좋습니다.
자라며 보고 배운 것은 절대로 무시할 수가 없습니다. 사람의
습관은 자신 스스로 바꾸기가 매우 어려우며, 사랑하는 사람이
바꾸어주는 건 더더욱 어렵습니다. 부모님과 좋은 관계를 맺은
사람은 좋은 습관 역시 자연스레 체득했을 가능성이 크고 곧은
정서를 지녔을 확률이 높다는 것을 의미합니다.

4. 당신이 좋아하는 일보다 싫어하는 일에 더 신경을 쓴다

장기적으로 관계를 유지하기 위해서는 상대방의 신뢰를
깨뜨리지 않도록 상호 지속적으로 노력하는 것이 중요합니다.
연인 사이라면 바람을 피우는 것 같은 심각한 문제뿐만
아니라 싫어한다고 분명하게 의사 표시를 한 행동에 대해서는
하지 않으려 노력하는 사람이라면, 당신을 놓치고 싶어 하지
않는다고 생각해도 됩니다.

5. 서비스를 받는 입장일 때 상대방을 존중하고 예의 바르게 대한다

자신이 재화를 지불하고 서비스를 받는 입장일 때, 상대방을
어떻게 대하는지를 보면, 내가 힘들거나 약한 상황일 때 나를
어떻게 대할지를 간접적으로 알 수 있습니다. 별것 아니지만
음료가 나오면 점원에게 "감사합니다"라는 말을 잊지 않거나,
택시를 탔을 때 "안녕하세요"라고 먼저 인사를 건네는 등,
상대방이 나에게 베푸는 대가성 서비스에도 감사할 줄 아는
사람이라면 어느 정도 인격적으로 성숙한 사람일 가능성이
높습니다.

6. 중요한 결정을 내리기 전에 상의하려 한다

다른 사람과 관계를 맺고 살아간다는 것은, 둘만의 동화를
그리는 일이라기보다는 정글을 함께 헤쳐나갈 동료가
되어주는 일에 가깝습니다. 인생에서 커다란 결정을 내려야

하는 순간, 당신의 조언을 구하고 진지하게 상의하려고 한다면
당신의 의견이 어느 정도 반영되느냐를 떠나 당신을 함께
걸어갈 '동반자'로 생각하고 있다는 의미입니다.

7. 주변에 당신을 자랑스럽게 말하고 소개한다

단둘이 있을 때 달콤한 말을 하는 사람은 세상에 많습니다.
그러나 밀폐된 공간에서만 달콤한 사람은 당신을 장기적으로
함께할 연인으로 생각하지 않을 가능성이 매우 높습니다.
밀실에서만 입 맞추는 사람이 아닌, 광장에서도 기꺼이 당신의
손을 꼭 붙잡아 주는 사람을 만나세요. 그리고 그보다 한 발
더 나아가 그의 소셜 미디어 계정, 그의 지인들, 그의 부모를
보여주고 싶어 한다는 것은 당신을 자신의 사람으로 만들고
싶어 하는 그의 욕심이 배어나오는 행동입니다.

"네가 길들인 것에 대해서는 언제나 책임을 져야만
한단다. 너는 네 장미꽃에 책임이 있어."

-생텍쥐페리, 《어린왕자》 중

타협이 아닌 염원

.

"많은 사람이 하나뿐인 사람이라고 포장하며 살잖아. 자기
곁에 있는 사람을 말이야."
"그렇지."
"응. 그러니까 곁에 누군가를 두었으면서도 다른 사람의
매력과 재력 등에 이끌리는 것. 연예인 보면서 예쁘다고 입
벌리고 잘생겼다고 하는 것들. 결국에는 내가 저 사람을 가질
능력이 안 되니까 지금 곁에 있는 사람을 타협점으로 두고
다른 사람을 부러워하며 살잖아."
"응."

"그게 진짜 사랑 맞을까?"
"왜 그렇게 생각해?"

"그냥 그건 타협하는 삶 아닐까 싶어서 말이야."

"그럼 조건 자체를 보는 게 무조건 잘못됐다는 거야?"

"아냐. 그렇지는 않지. 연애나 만남을 시작하기 전에 철저하게 조건을 따지는 게 잘못은 아니지."

"근데 그들에게 그런 말을 하는 이유는 뭐야?"

"음. 다만 그 과정에서 이 정도면 괜찮겠다고 타협하지 않는다는 거야."

"그게 무슨 뜻이지?"

"그런 설문조사 본 적 있어? 남자 친구가 있는데 재벌 2세가 대시하면 흔들릴 것 같다는 의견이 60%가 넘고, 여자 친구가 있는데 연예인이 대시하면 넘어간다는 결과가 90%가 넘는 설문조사 말이야."

"아, 그런 게 있었어? 나쁘다."

"그게 바로 지금 옆에 있는 사람이 '타협의 결과물'이라는 증거 같아. 곁에 있는 사람을 정말 사랑한다면 그게 재력이든 외모든 흔들리지 않는 게 맞는 거 아닌가 싶어서."

"무슨 말이지? 잘 모르겠어."

"그러니까, 누군가를 만나기 전까지는 정말 철저하고 심할 만큼 다양하게 조건을 따지고, 이런 면 저런 면 재고 가리는 게 좋아. 그냥 쉽게 누구라도 만나려고 발버둥 치지는 않는다는 거지."

"그런 다음에 만나면?"

"응. 만난다는 건, 상대방이 먼저 내가 생각해 왔던 사람과
가깝다는 거잖아. 외모적으로 성격적으로 센스적으로 그리고
미래에 대한 비전도 말이야."

"응."

"그리고 나서 일어나는, 아니 쌓아가는 이야기들은 그 외의
다른 조건들이 침범할 수 없는 영역이지. 둘만이 만들어가는
둘만의 스토리가 되니까 말이야. 그걸 어떻게 일개 돈 몇 푼과
외모 따위가 넘볼 수 있겠어. 잘생기고 예쁜 사람은 계속
쏟아져 나오는데."

"아…… 그럼 적어도 만난 이후에는 타협하지 않는다는 거네?"

"응. 내가 바란 누군가가 나에게 마음을 열어주었다는 것을
확인한 이상, 그 사람은 나에게 타협점이 아니야."

"그럼 그 사람은 너에게 뭐라고 불리면 되지?"

"염원이라고 불리지."

"좋다."

*"응. '타협이 아닌 염원' 그게 내가 내 사람을 부르는 이름인
거지."*

지금 곁에 있는 사람, 당신의 염원인가요?

사랑이라는 것은

당신이 맛있는 것을 먹기 위해 그 사람을 고를 때
상대는 당신을 만나기 위해 먹을 것을 고른다.

당신이 술 생각이 나서 그 사람을 부를 때
그 사람은 당신이 생각나 술 핑계를 댄다.

당신이 가고 싶은 곳을 먼저 고르고 그를 찾을 때
그는 당신과 함께 가고 싶은 곳을 고르고 있고

당신이 어떻게 꾸며야 예뻐 보일까 생각할 때
상대는 당신에게 예뻐 보이기 위해 꾸민다.

감정이라는 것, 정말 별것 아니다.
당신이 좋아하고 원하고 사랑하는 가치 위에

그저 체스 말 하나 옮기듯
그렇게 살포시 그들 앞에 상대를 놓으면 되는 것.

누군가를 사랑한다는 것은, 그런 것.

사랑이라는 것은, 당신이 원하는 것 앞에 항상 그
사람을 두는 것.

톱니바퀴 인연

사람과 사람 사이의 인연과 관계를 '톱니바퀴의 맞물림'으로
표현하곤 합니다.
서로 톱니 수도 다르고 홈의 깊이도 다르고 크기도 다르지만,
서서히 가까워져 끝내 맞물리게 되었을 때 함께 돌아가게 되는
톱니바퀴.

돌아가는 과정에서 서로의 속도도 다르고
톱니의 홈도 달라 삐걱대기도 하고 한쪽이 튕겨져
나가버리기도 하지요.

그러나 그것을 인내하며 서서히 함께, 같은 속도로 돌아갈 수
있게 되는 것이 바로 '인연'이라고.

그 과정에서 서로의 노력이 필요하고 때로는 내 톱니를
잘라내는 일도 생긴다고.
그것이 상대방을 위한 헌신과 노력이라고.

이러한 비유 안에서 생각해 보면 '헤어진 연인이 다시 만나기
어려운 이유'도 대략 설명이 됩니다.
어느 밤 너무 감정이 북받쳐, 또는 술에 취해 전화기를 들었을
때, 상대방의 반응은 보통 무덤덤하거나 짜증스러운 경우가
많죠. 맞물림 없던 관계에서 갑작스레 들어오는 톱니가 달가울
수 없을 테니까요.

*사람은 자신의 감정에만 충실합니다. 하지만 내가 빠르게 돌고
있는 톱니라는 이유로 상대방 톱니에 강제로 끼워 맞추려 하면
안 됩니다. 그 톱니는 고정되어 현재 돌 수 없는 상태일 수도
있고, 심지어 다른 톱니와 맞추어져 있을 수도 있기 때문이죠.*

맞추어가는 과정, 상대를 위한 헌신, 그리고 상대 감정에 대한
존중.
가장 차가운 쇳덩이를 보며 오히려 가장 따뜻한 감정을
떠올려봅니다.

불가에서는 '타이밍'을 시절인연(時節因緣)이라고
표현합니다.
피천득 시인의 수필 「인연」 역시 시절인연의 이야기를
다루고 있죠.

"그리워하는데도 한 번 만나고는 못 만나게 되기도
하고, 일생을 못 잊으면서도 아니 만나고 살기도 한다."

-피천득, 「인연」 중

소중해서, 그렇게 소중해서

소중한 사람을 만나러 갈 땐 더욱 운전을 조심하게 된다.
혹시나 사고가 나서 차가 찌그러지거나 내가 다치면 상대방이
'나를 만나러 오다 그랬다'고 걱정할까 봐.

소중한 사람이 내가 한 실수마저 자신을 탓하며 자책하게
만들고 싶지 않다.

아끼는 사람과 행복한 시간을 보낸 뒤 돌아가는 길에서는 특히
더 조심하게 된다. 내가 혹여나 안 좋은 일을 당하면 상대방이
괜히 오늘 날 만나서, 조금만 더 일찍 헤어질걸, 조금 더 늦게
헤어졌다면 등의 생각으로 고통스러울 게 싫어서.

지금 당장 힘들어 포기하고 싶을 때 그런 생각을 한다. 목표로 정해둔 일을 만약 끝내 이루지 못했을 때, 오늘을 상기하며 최선을 다하지 못한 오늘에 대해 그렇게 후회할 나를 생각하면 이 악물고 다시 힘을 내게 된다. 목표는 소중하니까. 자신과의 약속은 그렇게 소중하니까. 성공은 하루하루를 쌓아 만드는 것이니까.

소중한 사람에게 부족할지언정 최선을 다하려 한다. 시간이 지나 '그때 그러지 않았더라면 상황이 달라졌을까?' 같은 후회는 의미가 없다. 한순간의 일이 바꾼 게 아니라 여러 가지 일이 모이고 쌓여서 발생한 것이기 때문이다. 결국 손쓸 수 없고 돌이킬 수 없는 상황을 만들지 않으려면 내가 할 수 있는 최선을 다해야 한다.
나중에 정성을 다하지 못한 시간을 후회하며 가슴 아프고 싶지 않아서, 지금의 순간을 반드시 지키고 싶을 만큼 소중해서.

지금 시도할지 말지 망설여지는 일이 있을 때, 갖은 핑계를 대서라도 미루고만 싶지만 시도하고 이루려 노력한다. 머릿속에서만 맴돌다 시도하지 못하고 끝내 근처조차 가지 못한 일들에 대해 '그때 시작할걸'이라는 후회는 수도 없이 해왔다. 그럼에도 새로이 다가오는 도전 과제에 여전히 망설이고만 있다면 나는 또 시간이 지나 '그때 도전할걸'이라고 말하며 후회할 것이다.

시간은 소중하다. 그리고 지금의 시간은 더더욱 소중하다.
사랑하는 사람, 원하는 목표, 그리고 흘러가는 시간이 너무
소중하다.
사랑하는 사람이 아프지 않기 위해, 목표를 이루기 위해
노력하지 않은 날을 후회하지 않기 위해, 시간이 지나 내 삶에
부끄럽지 않기 위해 소중한 일들을 하나하나 만들어나가고
싶다.

소중해서, 그 모든 것이 그렇게 소중해서.

사랑하는 대상은 반드시 사람일 필요는 없습니다.
그러나 그 대상이 소중한 것은 변함이 없습니다.

Warm story #4 통찰

살면서 성장하고, 사랑하고, 사람들과 부대끼며 지내다 보면
누군가는 그 안에서 교훈을 얻고 누군가는 그저 지나치곤
합니다. 있었던 일을 곱씹고 더 나은 내가 되기 위해서
노력하는 일. 바로 그 일을 성찰 혹은 통찰이라고 부를 수 있을
것입니다.

세상을 그저 받아들이기만 해서는 발전이 없습니다. 세상이
나에게 주는 여러 가지 자극을 나의 생각과 버무려 나만의
것으로 만들어야죠.

스스로 사유하고 그것을 내 삶에 적용하는 사람만이 발전할 수
있습니다.
여러분의 삶을 풍요롭게 해줄 따뜻한 이야기들을 모았습니다.

회복 탄력성

물은 더러워졌다가 스스로 맑아지는 자정 능력이 있고,
용수철도 당겼다 놓으면 원래 상태로 되돌아가듯,
사람에게도 회복 탄력성이 존재한다. 어느 정도 무너지거나
나태해졌다가도 다시 추스르고 몸과 마음을 다잡는 능력.
회복 탄력성이 좋은 사람일수록 건강한 정신을 소유한
사람이다. 회복 탄력성은 자존감과 직접적으로 연결되어 있기
때문이다.

사람의 회복 탄력성은 그가 살아온 자취에 따라 길러지거나
줄어든다. 한 번도 상처받지 않은 사람보다는 상처받고
아물면서 상처를 극복해 본 사람이 회복 탄력성이 더 좋다.
회복 탄력성은 만만치 않은 상황을 극복할 때 비로소 발생하기

때문이다.

회복 탄력성이 좋은 사람은 상처받는 일이 생겼을 때
상처받은 마음을 다른 대상으로 확장하지 않고 그 상황과 그
대상으로만 한정한다. 이성 친구로부터 상처를 받은 사람이
"남자는 절대 안 믿을 거야"라는 식으로 말한다면, 이는
자존감과 회복 탄력성이 낮은 사람의 발언일 확률이 높다.
나에게 상처를 준 것은 '그 사람'이지 '이성'이 아닌데 그
사람이 '이성'이었다는 이유로 '여자는 다 똑같아', '남자는
다 나쁜 놈이야' 식으로 사고가 확장된다. 회복 탄력성이
좋은 사람은 '그 특정인'으로부터 받은 상처를 다른 대상으로
확장하지 않는다.

회복 탄력성이 좋은 사람에게는 잔소리가 독이다.
나태해지거나 게을러지거나 상처를 받는 일은 누구에게나
있을 수 있지만 회복 탄력성이 좋은 사람은 어느 이상 문제를
느끼면 스스로 문제가 된 부분을 해결하고자 하는 성향이
나타난다. 이를 자발적 트러블 슈팅(Trouble Shooting: 문제가
있는 부분을 고치는 행동)이라 하는데, 회복 탄력성이 낮은
사람에게는 지속적인 잔소리가 효과가 있을 수 있지만 회복
탄력성이 높은 사람은 설령 그가 나태해지거나 망가지고
있더라도 인내심을 가지고 기다려주면 스스로 깨닫고 반드시

되돌아온다.

위기나 곤란한 상황은 누구에게나 찾아오며, 게으름은
사람이라면 누구나 가지고 있는 성향이다.

하지만 그 위기가 찾아왔을 때, 스스로를 조금씩 좀먹는
나태에 빠졌을 때, 회복 탄력성에 따라 그 사람의 다음 스텝이
결정된다.
*이슈나 위기, 게으름이 찾아오지 않는 게 가장 좋지만 그건 내
의지대로 할 수 있는 일이 아니니 내가 해야 할 일은 스스로의
회복 탄력성을 높이는 것이다.*

잠깐 무너지더라도 다시 추스를 수 있으면 된다.
잠시 게을러지더라도 다잡을 수 있으면 된다.

많은 사람이 어떤 일에 도전하다 좌절하면 '역시 난
안 돼'라고 쉽게 포기하곤 합니다.
하지만 어떤 일을 시도했다고 해서 한 번에 성공하는
사람은 거의 없어요.
꾸준히 지속하다 보면 점차 발전하게 되고 언젠가는
그 목표한 일을 이룰 수 있게 됩니다.

성공은 순간 같지만 사실은 축적의 결과거든요.

긍정의 원천

저는 주변 사람들에게 "365일 중 364일은 기분이 좋아 보인다"는 말을 듣곤 합니다.

저 스스로 왜 그런지, 왜 그게 가능한지 생각해 보았습니다. 대체로 기분 좋은 상태가 몇 년 내내 유지된다는 사실은 분명 중요합니다. 왜 현재 기분이 좋은지 알고 있어야 설령 언젠가 찾아올지 모를 우울감과 침잠에서 스스로를 구원할 방법을 찾아낼 수 있기 때문입니다.

제가 생각해 본 이유는 다음 다섯 가지입니다.

1. 대다수의 일은 해결할 수 있다. 내가 해결할 수 없는 일에는

감정을 섞지 않는다.
저는 제가 하는 일을 해결할 수 있는 일과 해결할 수 없는
일로 분리하려고 노력합니다. 제가 할 수 있는 일은 최선을
다해 해결하면 그만이고, 할 수 없는 일은 어떤 노력을 해도
불가능하니, 감정을 섞지 않겠다고 스스로를 꾸준히 훈련해
왔습니다. 그 결과, 어떤 일을 할 때 대부분을 감정의 영역이
아닌 이성의 영역에서 해결할 수 있게 되었죠.

아주 간단한 사고방식이지만 이 방식은 꽤나 유용합니다.
무슨 일이 생기면 감정부터 앞세우는 사람들이 있습니다. 화를
내고, 하루 종일 속상해하고 우울해합니다. 이런 태도는 자신의
하루를 망치는 것은 물론, 때로는 타인에게까지 씻을 수 없는
상처를 주기도 합니다.

어떤 상황이 닥쳐왔을 때 감정을 드러내기 전에 '내가 이 일을
해결할 수 있을까?'를 고민하는 습관은 그 일을 해결할 수
있는지와 관계없이 나를 평온한 상태로 유지해 줍니다.

2. 필수적이거나 불가피한 일이라면 감정을 섞어서 좋을 일이 없다.
이 일이 주는 장점을 생각한다.
종종 누구나 어딘가에 부딪히거나 찔리는 경험을 하지요. 찔리는
일도 내 의도가 아니고, 그 이후에 다가오는 저릿한 아픔도

내 의도가 아닙니다. 그리고 대부분의 경우, 내가 무언가 손써 보기도 전에 아픔은 사그라듭니다. 이런 일에 내 감정을 쓸 필요가 있을까요?

다소 힘세고 튼튼한 이미지인 저는 이 상황을 웃음으로 승화하기로 했습니다. 예를 들어 실수로 벽에 팔꿈치를 찧으면 이렇게 말합니다.
"벽아, 미안해."
탁자 모서리에 찧으면 이렇게 말하곤 합니다.
"탁자야, 아프겠다."

감정도 감각 기관도 없는 벽과 탁자가 아플 리 없죠. 당연히 실제로 아픈 건 저입니다. 하지만 그냥 그렇게 피식 웃고 지나가면 그만인 일입니다. 그런데 이런 일로도 굉장히 짜증을 부리는 사람이 참 많습니다. 같은 일을 당하고 같은 수준의 고통을 겪는데도 태도는 이렇게 달라질 수 있는 것이죠. *이미 일어난 일, 그리고 조만간 사라질 일에 무엇 하러 나의 감정을 쉴까요?* 1년 뒤에 그날 탁자 모서리에 찧었다는 일을 기억할 사람이 얼마나 있을까요?

2년 넘게 세계를 집어삼킨 코로나19 때문에 전 인류는 심각한 고통을 겪었습니다. 감염을 예방하기 위한 가장 기본적인 일이 마스크를 착용하는 것이었죠. 그런데 꽤 많은 사람이 마스크에 대해 불편함을 호소했습니다. 해외의 어떤 나라에서는 마스크 쓰지 않을 권리를 주장하며 시위를 하기도 했죠.

마스크를 쓰고 다니는 건 당연히 불편하죠.
하지만 마스크를 쓰면 좋은 점을 찾아보기로 했습니다. 예를 들면 이런 것들입니다.
'마스크를 쓰고 다니니까 남의 건강을 위협 안 하고 내 건강도 보호받아 좋네.'
'마스크를 쓰고 다니니까 피부가 보습이 되겠어. 이거 좋네.'
심지어 겨울에 기운이 뚝 떨어져 추워졌을 때는
'마스크를 쓰니까 얼굴 안 시려서 너무 좋네. 찬바람 안 쐬니 감기도 안 걸리겠다'라고 생각했습니다.

코로나19 바이러스는 내가 어쩔 수 없고, 그로써 마스크를 쓰는 것은 일종의 방지책, 즉 예방책이자 해결책입니다. *상황을 바꿀 수는 없으니 이 상황을 겪지 않았다면 누리지 못했을 장점을 생각하는 것입니다.*

3. 단, 이 모든 건 의도적인 게 아니라 솔직하고 자연스럽다
지금까지의 제 이야기가 마치 '매사에 감사하라'고 말하고 다니는 '감사 전도사'의 말처럼 들릴지도 모르겠습니다. 그러나

전혀 그렇지 않습니다. 오히려 저는 매사에 감사하라는 말을
좋아하지 않습니다. 스스로에게 솔직하지 못한 행동이기
때문이죠. 누구도 나쁜 기분이 치밀어 올라오는데 '아니야,
좋은 거야'라고 할 수는 없습니다. 저는 오히려 언제나
스스로의 감정에 솔직하고자 노력합니다. 정말 기분이 좋을 때
좋다고 말하지, 나쁘고 불쾌하고 짜증나고 화가 나고 삐졌는데
좋다고, 괜찮다고 말하지 않는 것이죠.

즉, 솔직해지는 연습이 가장 중요합니다. 감정이 차오르면
타인에게 피해를 주지 않는 범위 내에서 표출하고 솔직하게
드러내는 것이죠. 선풍적인 인기를 끈 애니메이션 영화
'인사이드 아웃'에 나오듯, *감정은 외면한다고 사라지지
않습니다. 오히려 건강하게 흘려보내며 해소해야 합니다.
그러기 위해서는 스스로의 감정에 솔직해져야 합니다.*

4. 위험 회피형 전략을 쓴다
기분이 망가지는 순간은 대부분 내가 예상하지 못한 일이
일어났을 때입니다. 갑자기 휴대폰이 바닥에 떨어져 액정이
깨졌다든지 운전을 하다 사고가 난다든지 하는 상황에 처하면
누구나 기분이 망가집니다.

그러나 이런 일들은 평소에 조심하면 어느 정도는 예방이

가능합니다. 운전할 때 규정 속도를 지키고 전후좌우를
지속적으로 살피는 일, 휴대폰 등을 탁자 중앙에 올려놓는
일 등 사소한 몇 가지만 지키면 기분 나쁠 일들을 예방할 수
있습니다. 저는 특히 사고 예방과 건강 유지에 큰 공을 들이는
편입니다. 횡단보도를 건너기 전 좌우를 지속적으로 살피고
신호가 바뀌었다고 바로 건너지 않고 조금 시간이 지나 건너기
시작하고, 평소 운동을 열심히 하며 건강관리에 공을 들입니다.
큰 사고와 질병만큼 행복을 망가뜨리는 치명타는 없다고 믿기
때문입니다.

5. 좋은 사람들을 곁에 둔다

나 혼자 아무리 발버둥 쳐도 주변에 부정적인 사람, 매사
짜증과 감정을 건드리는 사람들이 존재한다면 긍정적인
상태를 지속하기 어렵습니다. 대체로 기분 좋은 상태를
유지하고자 노력하는 저 역시 감정이 상하는 대부분의 경우는
무례하고 몰상식한, 가깝지 않은 사람들 때문에 생깁니다.
그렇게 돌발 변수까지 모두 막을 수는 없더라도, 적어도 깊이
교류하는 사람들을 밝고 상식적인 사람으로 채워나가면 나
역시 그들의 영향을 받아 더 긍정적인 사람으로 바뀔 수
있습니다.

저도 누군가에게 그런 긍정적인 영향을 주는 사람으로

기억되고 있다면 더할 나위 없이 좋을 것입니다. 이 책을 보시는 여러분도 여러분만의 '긍정의 원천'을 가꾸어보면 어떨까요?

행복은 마음먹기에 달린 것이 아니라,
마음을 먹고 상황을 개선하려는 노력에 달린 것이다.

당신의 삶을 생각한다면

직업과 집안을 따지기보다는
30년 뒤에 문득 잠에서 깨어나 보았을 때에도
사랑스러워 이마에 키스할 수 있는 사람을 만나라.

연봉과 업무의 강도를 따지기 전에
30년 뒤에 내가 걸어온 커리어가
어린 시절의 그 꿈과 일치하는지 생각하고 직업을 택하라.

우리는 때로 좀 더 중요한 사실을 망각하고 산다.
무엇이 정말 삶을 빛나게 해주는 가치인지 착각하며 산다.
한 발 물러서서 보면 보이는 것들이 코앞의 문제일 때에는
보이지 않는다.

영원할 것만 같던 고대 제국들도 아스라이 사라져 책 속에만
존재하고
평생 하늘 높이 떠 있을 것 같은 연예인들도 몰락한 삶을 사는
걸 보며 느낀다.

순간의 해소도 중요하지만,
결국 인생은 생각보다 훨씬 더 긴 여정이라는 것을.
때론 구부러지고, 오르막 내리막이 있더라도
원하는 것을 잊지 않고, 놓지 않고 가야지.

그래야 시간이 흘러 진심으로 웃을 수 있을 테니까.

세속적인 가치도 물론 중요합니다.
윤택한 삶, 좋은 직업도 당연히 중요하지요.
하지만 아무리 풍족한 삶을 살아온 사람이라도 결국엔
사랑하는 사람의 건강과 행복이 최고의 가치라고
이야기합니다.

여러분은 어떠한 삶을 살고 있나요? 눈앞의 현실에만
너무 집중하여 살고 있지는 않나요?

찬란한 순간을 기록으로

저는 노래 부르는 것이 큰 취미입니다. 노래를 흥얼거리다 보면
'어라? 평소보다 잘되는데?'라는 날이 분명 있어요. 이른바
1년에 몇 번 안 찾아오는 '컨디션 좋은 날'입니다. 저는 이런
날, 잠시라도 짬을 내어 노래방을 찾습니다. 그리고 마음껏
원하는 노래를 부르며 그 장면을 녹화합니다.

이렇게 녹화한 영상은 가끔 소셜 미디어에 업로드하기도
하지만 보통은 소장용으로 간직합니다. 몇 년 지나서 그 영상을
다시 보면 저도 모르게 어깨가 으쓱해집니다. 그리고 늘 이런
말을 뒤따라 하곤 합니다.

"역시 그날 노래방 가서 찍어놓길 잘했어."

종종 지인들의 부탁으로 결혼식 축가를 부르는 일도 있습니다.
그럴 때마다 언제나 만족스러울 만큼 잘 부르는 것은 아니지만,
축가 부르는 장면도 가능하면 꼭꼭 녹화를 해서 간직합니다.
몇 년이 지나 그 영상을 당시 축가를 부탁한 부부에게
보여주면서 함께 추억에 잠기기도 하고, '아, 저때 저분은
나에게 어떤 사람이었지'라며 그 사람과 나의 관계를 곱씹기도
합니다.

기록은 대부분 찬란한 순간에 하게 됩니다. 힘들고 고통스러운
순간에는 기록을 남길 힘도 없고, 그런 순간을 기록으로
남겨보았자 다시 들춰 보고 싶지도 않기 때문이죠. 그리고
고통스러운 순간은 기록하지 않아도 너무 생생하게 남아 계속
자신을 괴롭히므로, 일부러 기록할 필요도 없습니다.

그런데 가장 큰 문제는 '분노의 순간'입니다. 저는 분노의
순간을 휘몰아치는 흙탕물로 비유하는데, 이때 어떤 식으로든
기록을 하지 않으려 최대한 참는 편입니다. 이후에 흙탕물이
가득했던 기록을 보면 스스로 부끄러워지는 경우가 많기
때문이죠.

그래서 '1년 뒤 이 글을 보아도 스스로에게 당당할 수 있는가'
고민하고 그렇지 않다고 판단되면 미련 없이 기록을 멈춥니다.

기록하지 않은 상태로 시간이 지나면 대부분 기억도 나지 않고,
기억이 나더라도 그때 더 나아가지 않기를 잘했다는 생각이
자연스레 뒤따릅니다. 유독 우리는 분노의 감정이 올라온 순간
자제하지 못하고 기록하는 경향이 있습니다. 소셜 미디어에
쓰는 글이든, 상대방을 향해 보내는 메시지든 말이죠.

기록은 기억을 상기시킵니다. 누군가에게 과시하기 위해서가
아니라, 나 스스로가 더 행복했던 기억이 많았음을 기억하기
위해서라도 행복하고 찬란한 순간에는 기록을 남겨보세요.

조금이라도 예쁘고 젊을 때, 행복한 순간일 때, 무언가 잘되는
때 사진이든, 동영상이든, 아니면 글이든 어떤 방식이든
상관없습니다.

*찬란하고 행복했던 순간이 생각보다 내 삶의 페이지를 많이
차지했다는 사실을 깨닫기 위해서라도 그리고 하루가 힘들어
주저앉고 싶을 때 과거의 기록을 보며 어깨를 펴기 위해서라도
찬란한 순간을 꼭 기록하세요.*

거칠고 불쾌한 순간의 기록은 최대한 자제하시기 바랍니다.
내 삶이 언제나 아름답고 찬란할 수는 없겠지만, 모든 순간을
기록으로 남겨야 하는 것은 아니니까요.

망각은 신의 선물이라는 말이 있죠. 지금은 너무 화가
나서 잠 못 이루는 일도, 시간이 조금 지나고 나면 무엇
때문에 그랬는지 기억도 나지 않을 때가 많습니다.
문제는 행복한 순간도 그렇다는 거예요. 그렇기
때문에 행복한 순간을 더 쉽게 상기하기 위해 기록이
필요합니다.

오늘부터, 기쁘고 행복한 순간을 기록해 보면 어떨까요?

30대가 되어 깨닫게 된 10가지

아마도 30대 혹은 그 이상인 분들이라면 제가 30대에
했던 생각에 공감해 주실 수 있을까요? 여러분은 어떻게
생각하실지, 제가 30대가 되어 깨달았던 것들을 당시의 기록을
토대로 여러분과 공유합니다.

1. 내 한 몸 건사는 물론, 부모님 집이나 차 정도는 가볍게
   바꾸어 드릴 수 있을 줄 알았다.
   그러나 허무맹랑한 이야기라는 것을 알았다.

2. 대학 초년생 당시 같은 교실에 있던 재수강생들, 고학번들이
   나와 별반 다를 바 없는 사람이라는 것을 알았다.

3. 40대가 되고 50대가 된다고 해도 어른이 되는 것이 아니라
   어른인 척을 하고 있다는 것을 알았다.

4. 여전히 외롭고 불안하고 서럽고 슬픈 감정을 같은 강도로
   느낀다. 다만 티를 덜 내려 할 뿐.

5. 성장하는 속도에 비해 책임져야 하는 것들의 정도와 가짓수가
   커지고 늘어나는 것이 두렵다.

6. 늙는 것과 성숙하는 것은 별개라는 것을 알았다.

7. 새로운 것을 성취하는 것보다 이미 이룬 성취를 지켜내는 것이
   더 어렵다는 것을 알았다.

8. 세상을 바꿀 수 있을 줄 알았는데, 스스로를 지키는 것조차
   만만치 않다는 것을 알았다.

9. 내 힘으로 모든 것을 해내는 것이 아니라 나와, 내 주변
   사람과, 그리고 시류가 모두 맞아떨어져야 함을 깨달았다.

10. 다른 사람을 잠시만 보고도 모든 것을 다 안다고 생각했는데,
    한 사람을 평생 알아가는 일도 쉽지 않다는 것을 이제는
    안다. 아니, 알 것 같다.

생각보다 성취의 속도는 느리고, 가는 시간은 빠릅니다.
그리고 금전적, 사회적 성취도 중요하지만 소중한
사람들이 곁에 있어주는 것만으로도 나의 삶이
지탱된다는 사실을 알 수 있었습니다.

여러분은 인생이 깊어지며, 어떤 점을 알게 되었나요?

인생은 늘 고속도로 위에 있음을

나는 고속도로를 달리고 있는 한 대의 차임을 잊지 말자.
눈앞에 다른 차가 보이지 않는다 해서 나보다 앞서 그 길을 간
사람이 없는 것이 아니며,
나보다 뒤에 오는 차의 속도가 나보다 느리다고 단언할 수도
없다.

내 앞에 아무도 없다고 자만하지 말자.
뒤에 오는 이가 나보다 못하다고 착각하지 말자.
내 앞에 차가 있다 해서 내가 그들보다 못났다고 생각하지도
말자.

이 길은 나의 길이다.

옆을 스쳐가는 차종이 무엇인지 상관할 필요 없이, 옆 차의
속도가 어떤지 개의치 않고 내가 바라는 길을 가면 되는
것이다.

열심히 하는데도 부족하다고 조급해할 필요 없습니다.
특히 타인과의 비교는 나 스스로의 자존감을 더욱
떨어뜨리죠. 어제의 나, 한 달 전의 나, 6개월 전,
1년 전의 나와 비교했을 때 지금의 나는 어떤가요?

고속도로에 나온 차들이 앞으로 달리고 있듯,
앞으로 꾸준히 가고 있다면 지금 잘하고 있는 거예요.

당신의 '고민'을 응원한다

내가 넘어서지 않은 문턱을 이미 넘어선 사람도
내가 이미 해결했거나 더 이상은 고민하지 않는 문제로
고민하고 있다.

한편으로는, 나는 벌써 해결해 버린 문제를 인생을 걸고
힘겨워하며 고민하는 사람들이 분명 있다.
그러나 나는 그들에게 "그거 별거 아니야"라고 말할 수
없다. 나 역시 그 문턱을 넘기 전까지는 그가 지금 괴로운 것
이상으로 괴로워했음을 똑똑히 기억하기 때문이다.

흉흉한 세상에서 들려오는 '내 고민의 무게를 훨씬 넘어서는'
엄청난 일들을 겪은 사람들의 이야기를 접하면서 예전에는 '내

고민 따위는 별게 아니구나'라고 생각했지만 이제는 다르다.
'그들도 힘들겠지만 나 역시 힘들다. 지금의 나를 보고 자잘한
고민을 가지고 힘겨워한다고 그 누구도 말할 수 없다.' 같은
일일지라도 사람마다 느끼는 가치의 비중은 엄연히 다르기
때문이다.

마찬가지로 내 눈에는 자잘해 보이는 고민으로 힘들어하는
사람이 있을지라도 그 고민이 '자잘하다'고 감히 단언할 권리는
내게 없다.

그가 힘들어하는 그 일에 얼마나 큰 비중을 두고 있는지 나는
모르기 때문이다.

그래서 내가 힘들어할 때, 어떠한 이유로든 힘들어하는 사람을
보면, 나도 힘겹지만 그냥 다가가 따스한 말 한마디 건네고
싶다.

"힘내세요"라고.

당신의 고민을 응원한다.

자신이 타인보다 앞서 있다는 것이, 타인의 고민이
하찮다는 의미는 아닙니다.
당신이 타인보다 지금 뒤에 있다 해서 당신의 고민이
작은 것은 아닙니다.
각자의 공간에서 각자 치열한 전투를 하고 있을 뿐이죠.

그 치열함을, 그 고민을 응원합니다.

감정은 종종 사치다

"평소 스트레스를 안 받는 비결이 있어? 늘 평온해 보이는데."
"어떤 일에 감정을 개입하지 않기 때문이라고 생각해."
"무슨 말이야? 감정을 개입하지 않는다고?"
"예를 들면 이런 거야. 지금 이렇게 길이 밀리는 상황이
있잖아."
"응."

"이런 상황에서 사람들은 보통 조급해하거나 길이 뚫리지
않는다고 짜증을 내지. 그런데 이건 내 입장에서 보면 '어쩔 수
없는 상황'이야. 내가 화를 낸다고 막힌 길이 뚫리거나 다른
방법이 떠오르는 게 아니니까. 그렇지?"
"그렇네."

"그리고 그 반대 상황이 되어도 마찬가지야. 어떤 일이
벌어졌고, 그 일이 나에게 이슈로 작용해. 그럼 거기에 내가
짜증을 내거나 불만을 토로할 게 아니라 이 문제를 해결하기
위해서 무슨 일을 해야 할지를 생각해야 한다는 뜻이지."
"아하?"

"즉, 내가 바꿀 수 없는 불가항력적인 상황이든, 내가
적극적으로 개입해서 문제를 해결할 수 있는 상황이든 내가
짜증을 내거나 불쾌해질 필요는 없다는 거지."
"그럴듯하네."

"물론 내가 기계도 아니고, 감정이 전혀 없는 건 아니지. 다만
그렇게 감정을 쏟는 건 나에게 불합리한 상황, 비상식적인
상황일 때야. 그런 때에는 감정을 쓰지. 그 상황일 때는 분노를
표출함으로써 상황을 개선할 수 있다면 더욱더 적극적으로
화를 내지. 즉 이 상황에서조차 '분노 표출'은 하나의 문제 해결
수단일 뿐, 상황을 이기지 못해서 무너진 끝에 나오는 표현은
아니라는 뜻도 돼."

"결국 불합리한 상황이 아닌 대부분의 일은 해결할 수 있거나,
해결할 수 없는 일이야. 해결할 수 있다면 감정을 개입할 게
아니라 적극적으로 문제를 해결해야 하고, 해결할 수 없다면

어차피 뭘 해도 소용없으니 짜증을 낼 필요도 없는 거지."
"말 된다."

"그냥 이렇게 지루하게 갇혀 있는 차 안에서, 어떻게 하면
이 상황을 더 즐겁게 보낼 수 있을지만 생각하면 돼. 노래나
신나는 거 들어볼까?"
"좋아!!"

불합리와 비상식이 아닌 상황에서 감정을 앞세울
필요는 없습니다.

삶은 '마블링 아트'

초등학교 미술시간에 처음 접한 것으로 기억하는 작품 활동이
있습니다.
색색의 물감을 물 위에 띄우고 그것을 어느 정도 휘저어
무늬를 만든 뒤, 종이를 살짝 담가 모양을 찍어내는 것.

아마도 당시에 이름을 배웠을 듯한데,
너무 오래되어 기억이 가물가물하여 여기저기 찾아보니 이런
작품 방식을 '마블링 아트(Marbling Art)'라고 하더라고요.

문득 든 생각.
우리 삶도 마블링 아트가 아닐까요.
어떤 이는 '노력'이라는 물감을 더 많이 넣고,

어떤 이는 '배경'이라는 물감을 더 많이 가지고 태어나고,
어떤 이는 '재능'이라는 물감을 많이 가졌죠.

하지만 어떠한 모양의 마블링 아트가 '정답'이라고 이야기할
수 없듯
어떤 물감이 어떻게 어우러져 어떠한 그림을 그리든,
각각은 모두 '예술 작품'을 만들어가는 과정이라는 것.

'인생'이라는 종이에 찍힌 물감은 모두 의미가 있습니다.
설령 그것이 '시련'이라 할지라도
설령 그것이 '아픔'이라 할지라도
그 물감이 있었기에 지금의 멋진 그림을 완성할 수 있었고,
지금의 내 모습이 있기 때문이지요.

우리의 마블링이 그 어떤 것이든,
결국 각자의 삶은 모두 가치가 있는 한 폭의 '아트'라는 것을
잊지 않았으면 해요.

'삶'이라는 캔버스에 어우러져 있는 모든 흔적은
당신에게 반드시 의미가 있어요.
그것들이 모여 당신의 '삶'이라는
아름다운 작품을 만들고 있음을 잊지 말아요.

당신, 당신만이 가지고 있는 '고유한 가치'가 있다는
것을 잊지 마세요.

Warm Story를 마무리하며

아무리 강한 사람도 포근한 쉼터가 필요하고, 때로는 기댈
곳이 필요하죠. 잠시 쉬어가고 싶다고 생각한다면, 그건 지금껏
당신이 열심히 달려왔다는 증거이기도 합니다.

삶을 살아가며, 어려움이 있을 때 주변의 소중한 사람들과
따뜻한 시간을 보내며 재충전한다면 얼마든 성장할 수 있는
에너지를 얻을 수 있으리라 생각합니다.
아니, 꼭 대단한 성공을 이루지 못하더라도 지금 나와 내
소중한 이들이 행복하다면 그것만으로도 커다란 성취라는
것을 늘 가슴속에 기억해 두세요.

당신은 세상 유일한, 소중한 사람이니까요.

Welcome to
Cold side

차가운 이야기 공간까지 책을 놓지 않고 와주신 여러분을 환영합니다. 이곳까지 와주신 분들은 분명 '무조건적인 위로가 아니라 나에겐 동기 부여가 필요해'라는 마음으로 책장을 넘기셨으리라 생각합니다.

극단적인 낙관주의자와 극단적인 비관주의자가 전쟁 포로로 잡혔을 때 어떤 사람이 살아서 감옥을 빠져나갈 확률이 높은지를 알아보는 실험이 있었습니다. 누가 더 감옥에서 오래 버티고 살아서 바깥세상을 만날 가능성이 높을까요?

얼핏 생각하면 낙관주의자가 항상 긍정적인 생각으로 포로 생활을 잘 견디다 살아서 나갈 것 같지만 실제로는 비관주의자가 살아 나갈 가능성이 더 크다고 합니다. 이유는, 혹시나 하는 희망이 주어질 때마다 낙관주의자는 큰 희망을 걸지만 이내 나갈 수 없다는 사실을 깨닫고 절망에 빠지고, 이 과정을 반복하면서 결국 버티지 못하고 정신적으로 무너지기 때문이라고 하네요.

반면 비관주의자는 작은 희망에 동요하지 않고 버티다 실제로 전쟁이 끝났을 때 살아 나갈 수 있었다고 합니다.

비관주의가 낙관주의보다 더 낫다는 단편적인 이야기를 하고자 함이 아닙니다. 나에게 좋은 이야기만 듣고 희망에 찬 이야기만 하면서 현실 직시가 되지 않았을 때의 위험을 알리고 싶었을 뿐입니다.

발전하는 사람은 긍정의 기운을 가진 채로 자신을 객관적으로 바라보고, 따끔한 충고와 무분별한 비난을 구별하며, 충고도 자신에게 필요한 것을 골라 흡수하고 단순히 머릿속에 담아두는 게 아니라 이를 행동으로 옮겨 성취해 냅니다.

모든 사람이 치열하고 목표 지향적으로 살아야 하는 것은 아닙니다. 하지만 만약 여러분이 진정으로 치열하고 목표 지향적으로 살아가고 싶다면 지금부터 읽게 될 이야기들이 도움이 되리라 생각합니다.

그럼 준비되셨나요?
차가운 이야기를 시작합니다.

Cold story #1 성장

성장하는 대부분의 시간은 고통스럽습니다. 편안하고 안락한 가운데 성장하는 경우는 없습니다. 발로 땅을 디뎌 앞으로 나아가는 힘을 얻기 직전, 우리가 신은 신발은 마찰력을 이겨내기 위해 가장 많이 눌리게 됩니다. 숨이 턱밑까지 차오를 만큼 달려야 심폐 지구력이 향상됩니다. 실수를 만회하기 위해 반복에 반복을 거듭하는 지겨운 순간들이 모여 더 나은 능력을 습득할 수 있게 됩니다.

성장은 그 결과가 아름다울 뿐, 아름다운 결과를 얻기 위해 견뎌야 하는 시간은 길고 고통스럽습니다. 그렇기에 성장은 결코 쉬운 일이 아니지만, 성장했을 때 최고로 가치 있는 것입니다.

여러분의 성장에 도움이 될 만한 이야기들을 모았습니다.

다소 불편한 진실과 마주하라

실제 그렇지 않으면서 'ㅇㅇ한 척'하는 행동은 마치 부푼 풍선처럼 지금 당장은 돋보일 수 있으나 시간이 지나면 자신을 오히려 불리한 지경으로 몰아넣는 행위다. 타인에게 보여주는 모습과 자신의 실제 현실 사이에 괴리가 생기고 시간이 갈수록 더 간극이 벌어지기 때문.

'ㅇㅇ한 척'의 더 큰 폐해는 다른 곳에 있다. 반복되는 'ㅇㅇ한 척'이 지속되면, 스스로가 정말 'ㅇㅇ하다'고 느끼게 된다는 점이다.

실상은 아니거든. 현실과 괴리가 있거든.

그런데 스스로가 그렇게 믿기 시작하면 상황이 점점 더
나빠진다. 속으로는 자신이 그런 수준이 아니란 걸 알면서도
진실을 감추고 과장해서 자신을 주변에 말하고 다니며
결국에는 자신도 그 모습이 진짜 자신이라고 믿게 된다.

'○○한 척'을 하면서 실제로도 '○○'하기 위해 끊임없이 발을
구르다 보면 실제로 '○○한' 사람이 되는 경우도 간혹 있다.
지속적으로 조금 멀리 목표를 휙 던져놓고 그 목표가 말뿐인
허울로 끝나버리기 전에 그것을 일구어내는 방식이다. 다만 이
방법은 내가 무언가를 '하겠다'라고 말하는 것이지, 내가 이미
그 사람인 척하는 것은 아니다. 무언가를 이루겠다고 결심하는
것과 무언가를 이미 이루어놓은 척하는 건 다르다.

문제는 대다수의 사람이 이 '○○한 척'은 지속하면서도 실제
삶과의 괴리를 좁히려는 노력은 하지 않는다는 것이다.

그런 '척'은 언젠가는 끝나게 되어 있다. 대외적인 인증 절차,
어떠한 형태든 간에 검증 프로세스에 도달하게 되면 지금까지
'○○한 척'해 왔던 자신은 거품처럼 사라져 버리고 초라하고
발가벗겨진 자신의 실체가 드러난다.

스스로를 '○○한 사람'이라고 속여왔으니 이 상황에 직면하면

정말 큰 괴리감에 빠진다.

이때 바로잡아야 하는데, 그러지 않고 "아니야, 이건 운이
나빴을 뿐이야" 등의 말로 다시 자신의 실체를 마주하지 않고
회피한다. 그런 삶이 반복되며 자신이 '되고 싶었던' 모습과
점점 멀어지게 된다. 그렇게 목표와 동떨어진 사람이 되어
살아간다.

혹은 어쩌다 한 번 우연찮게 나온 성과가 진짜 자신이라고
믿는다. 고 3 때 친구들은 "나 몇 점이나 떨어졌어"라는 소리를
자주 했는데, 그 친구들에게 내가 한 말은 "최고 점수 대비
그만큼 떨어진 거고 평균 대비는 별 차이 없지 않아?"였다.

굳이 그렇게 비수를 꽂아야 했을까 싶지만 현실은 현실
아닌가? 내가 이만큼 점수가 낮게 나왔다고 자신을 위안한다고
해서 대학교에서 "아, 그렇구나. 원래는 그만큼 대단한 점수를
받던 사람이구나" 하면서 불합격을 합격으로 바꿔줄 것도
아니고 말이다.

정말 최악의 사람들은 실제 그런 역량이 없으면서도 그런
역량을 갖춘 척 대중을 향해 "나는 ○○를 갖춘 사람이다"라고
말하고 다니기까지 한다. 여기에 욕망이 결합하면 그 사람은

바로 '사기꾼'이 된다.

실제로 소셜 미디어에서도 그런 사람을 여러 명 봐왔다. 말만
앞서고 시작만 존재하는 사람. 그러나 성취는 없는 사람.
시대가 바뀌면 재빨리 프레임만 그럴싸하게 포장하여 마치
그 분야의 전문가인 양 행세하지만 실제로는 지금껏 걸어온
발자취 어디에서도 그와 관련된 경험을 찾아볼 수 없는 사람.
이른바 사짜. 사실 사짜도 아니고 그런 사람은 가짜다.

아주 가끔은 'ㅇㅇ한 척'을 하며 그렇게 되기 위해 미친 듯이
내달리다 보면 자신이 바라는 모습에 다가갈 수도 있다.
그러나 정말 당신이 원하는 모습에 다가가기 위해서 해야 할
일은 스스로를 냉정하게 파악하고 더 나은 사람이 되기 위해
그 시작점부터 노력하는 일이다.

복어는 원래 자신의 몸보다 두 배 넘게 몸을 부풀릴 수 있다.
그러나 모두가 알지 않는가? 그 몸이 실제 복어의 크기가
아니라는 사실을.
그런데 왜 당신은 우연찮게 닿았던 곳, 혹은 한 번도 닿아보지
못했던 곳이 마치 자신이 있어야 할 곳인 양 말하는가?

그렇게 몸에 잔뜩 바람이 든 상태가 당신의 성장을 의미하는

것은 아니다.

바람을 빼고, 진짜 당신의 현재 상태를 마주하라.

언젠가 닥칠 검증 앞에 어차피 그 바람은 빠지게 되어 있다.

지금이라도 현실을 인정하고, 원하는 내 모습에 닿기 위한
계획을 세워보자.

너무 두려워하지 않아도 된다. 출발점이 조금 뒤로 물러날
뿐이니까.

존재하지 않는 자신을 자신이라 믿는다면 성장할 수
없다.
내가 지금 어느 땅을 딛고 있는지 알아야 그 땅을 밀고
앞으로 나아갈 수 있다.

착각도, 허세도, 비하도 모두 독이다

일을 끝내 완결하지 못하거나 실패하는 이유는 상당 부분 자신에 대해 잘 알지 못하거나 자신을 부정해서다. 자신을 실제보다 과대평가하는 것도 문제고, 과소평가하는 것도 문제다. 왜 그럴까? 현재의 나와 목표로 하는 일과의 간극을 파악하는 데 방해가 되기 때문이다. 앞서 했던 이야기를 조금 더 구체적으로 풀어보겠다.

1. 자신의 역량을 과하게 착각하면 헛발질을 하게 된다
아주 쉽게 설명해 보자. 팔 길이가 1미터인 사람이 1.2미터라고 착각하면 어떻게 될까? 펀치를 휘둘렀을 때 상대방에 닿지도 않고 헛주먹질만 하게 된다. 일을 할 때도 마찬가지다. 자신의 실력과 역량을 착각하면 충분히 가능할 것이라 생각한 일이

결국 가능하지 않은 결과로 다가온다.

2. 지금껏 맛본 최고의 성과는 내 진짜 역량이 아니다

나는 나를 정확하게 파악하고 있다고 착각할 수 있다. 그런데
아닌 경우가 많다. 사람들은 자기 자존감을 지키기 위해
자신이 했던 최상의 성과가 자기의 진짜 역량이라고 믿는다.
하지만 결코 그렇지 않다. 최고의 기록이나 성적은 우연이라고
생각해야 한다. 가장 정확한 기준점은 일정 기간 그 일을 하며
내가 받아온 평균 성적과 기록이다.

3. 기준점 세팅의 중요성

기준점 세팅이 왜 중요할까? 내가 지금 어떤 상태인지 알아야
다음 전략을 세울 수 있기 때문이다. 100미터 달리기를 해야
하는데 5000미터 전력 질주 계획을 짜면 어떻게 되겠는가?
당연히 좋은 기록이 나올 리 없다. *나와 내가 추구하는 일의
간극을 파악해야 내가 쏟을 수 있는 역량, 시간을 정확하게
계산할 수 있다.* 그래서 착각은 위험하다.

4. 허세는 착각의 늪으로 가는 길

허세는 실체를 갖추지 못한 사람이 타인에게 자신을 부풀려
말하는 것이다. 그런데 이 허세가 지속되면 자기 스스로가
진짜 그런 사람이라고 착각하는 지경에 이른다. 처음에는

그게 진짜가 아니라는 사실을 알고 있는데, 나중에는 사방에 나를 부풀려 말하다 보니 내가 진짜 그 부풀려진 사람이라고 착각하게 된다. 그 뒤부터 일어날 일은? 당연히 헛발질, 헛주먹질뿐이다.

5. 스스로를 정확하게 파악하는 것은 아프다. 그러나 지금 해야 가장 덜 아프다.
스스로를 냉정하게 파악하고 목표와의 간극을 바로 아는 일은 아프다. 나를 깎아내야 하는 활동이기 때문이다. 누구나 학창 시절 한번쯤 해본 '모르는데 아는 척하기'는 아무 도움이 안 된다는 의미다.

나는 학생 때 수학을 잘 못했다. 그러나 잘 못한다고 인정하는 게 너무 어려웠다. 찍어서 맞힌 문제도 마치 내 점수인 양 남들에게 포장하고 다니다 스스로에게 진지하게 질문을 던졌다. '이거 모르잖아. 찍어서 맞힌 건 아는 게 아니잖아.' '낮은 배점 문제인데 못 푼다는 건 기초가 없단 거 아니야?' 이렇게 스스로에게 뼈아픈 질문을 던졌다.

그렇게 스스로가 기초가 없다는 걸 인정하고 나서야 완전 기초부터 다시 파는 공부를 시작할 수 있었다. 겉멋에 취해 계속 내 진짜 실력을 외면했다면 당연히 성적 향상도 없었을 것이다.

스스로를 정확하게 파악하는 과정은 고통스럽다. 하지만 지금
하지 않으면 나중에 더 큰 좌절로 돌아오게 된다. 지금 해야
한다. 당장.

6. 스스로를 폄하하는 말은 당장 멈춰라. 당신을 진짜 흙수저로
만들고 당신이 사는 곳이 정말 헬조선이 된다.
스스로를 망가뜨리며 희화화하는 것을 일상으로 삼는
사람들이 있다. 혹자는 이걸 겸손이라고 생각하는 듯하다.
남들에게 재미를 줄 수 있다면 그렇게 '망가져도' 된다고
생각하나 보다. 그런데 그래서는 안 된다. 실제 삶이 정말로
망가지기 때문이다.

스스로를 늘 흙수저라고 이야기하고 다니면서 금수저의
행동양식, 사고방식을 알 수 있을까? 이미 언행으로 자신을
흙수저로 가두어놓은 사람이다. 대한민국이 살아가기에 빡빡한
곳이라는 사실은 누구나 알지만 이곳을 계속 '헬조선 헬조선'
이야기하면 실제로 자신이 사는 곳을 '헬(지옥)'로 규정하는
것이다.

이런 자기 비하는 당장 멈추어야 한다. 비하하는 말이 진짜

내 사고를 지배하고 나는 정말 '헬조선에 사는 흙수저'로 살게
된다.

*나는 주변 분들에게 시궁창에서 굴러도 왕의 꿈을 꾸라고
이야기한다.* 허세를 부리라는 게 아니다. 지금 처한 현실이
만족스럽지 않아도 더 나은 삶을 갈망하고 그곳을 향해
노력해야만 나아질 수 있다는 이야기다.

꿈꾸는 세상이 모두 현실이 되는 건 아니다. 하지만 꿈조차 꾸지
않으면 그 세상은 존재할 수 없다.

7. 겸손은 나를 깎아내리는 것이 아니다

앞에서도 잠깐 언급했지만, '겸손', '겸양'을 완전히 잘못 알고
있는 사람이 많다. 겸손은 딱 두 가지 의미로만 사용된다.
하나는 내가 가진 훌륭한 역량을 실제로 별로라고 생각하진
않지만 '말로만' 낮추는 것. 또 하나는 나의 훌륭한 역량을
타인에게 다 드러내지는 않는 것.

전제는 내가 훌륭한 역량을 가지고 있어야 한다는 것이다.
실력도 없고 가진 것도 없는 사람은 겸손할 수 없다. 겸손이라는
말 자체가 가지거나 갖춘 게 없으면 할 수 없는 성격의 것이다.

그런데 비하를 겸손과 착각해서 자꾸 자기를 깎아내리는
언행을 하며 자신이 겸양의 미덕을 갖추었다, 겸손하다
착각하는 사람이 많다. 당신은 겸손할 수 있는 수준이 아니고,
그건 겸손이 아니라 비하다. 겸손과 비하를 착각하지 마라.

다소 고상한 말로 '메타인지'라는 '주제 파악'은 정말이지 너무
중요하다.
가장 권장하는 방법이 있냐고?
'지금의 나를 냉정하게 파악하고, 목표를 높이 잡은 채 그
목표를 이루기 위해 실제로 행동하는 것.'
메타인지, 혹은 주제 파악은 내가 원하는 것을 얻기 위한
첫걸음이다.

시궁창에서 굴러도 왕의 꿈을 꾸어라. 단, 왕의 꿈을
꾼다면 그에 걸맞은 행동도 수반되어야겠지.

'모자람'을 인정하기

모두가 스스로를 '멋지고 좋은 사람'으로 포장하고 싶어 한다.
나도 마찬가지다.
그런데 스스로를 냉정하고 객관적으로 바라보지 않으면
절대로 발전할 수 없다.
발전은 내가 모자란 부분을 솔직하게 인정한 상태에서 그
모자람을 어떻게 채우고 극복할지 고민할 때 시작되고,
나름대로 찾은 해결책을 실행해서 하나하나 완결할 때
가능하다.

"수학을 못했다면서 어떻게 서울대 컴공에 갔어요?"라는
질문을 가끔 받는다.
이 말에 나는 다음과 같이 이야기한다.

"수학을 잘 못했던 건 사실이야. 근데 고 2 때까지만 못했어. 고 3 땐 성적이 많이 올랐지. 그러니까 원하는 대학에 갔겠지."

"고 2 때 점수? 10번 보면 80점 만점에(필자가 수능을 볼 당시 수학 만점은 80점이었다) 70점대는 한두 번 나오고, 나머지는 50점대 초반, 종종 40점대 후반도 나왔어. 잘한 거야? 못한 거 맞잖아."

고 2 시절, 다른 과목은 성적이 나쁘지 않았고, 가끔씩은 수학도 80점 만점에 70점대가 나오곤 했다. 나도 당연히 사람이니까, 점수가 낮게 나올 때는 '에이, 운이 없었네'라고 생각하며 그 순간만 모면하곤 했다.

그런데 어느 모의고사에서 충격적인 경험을 하게 된다. 당시 수학 모의고사를 보면 앞의 4문제가 대개 2점짜리 2문제, 3점짜리 2문제다. 당연히 배점이 높은 문제는 어려운 문제, 배점이 낮은 문제는 쉬운 문제다.

그런데 그 2점짜리 두 문제를 아예 '몰라서' 못 풀었다. 한 문제는 지수로그 관련 문제였고 다른 문제는 삼각함수 관련 문제였는데, 못 풀었다. 심지어 5개 문항 중 두 개로 좁힌 다음 찍을 수도 없었다.

나는 아예 몰랐던 것이다. 인정할 수밖에 없었다.

나름 공부 좀 한다는 애들만 선발해서 다니는 학원에서
수업도 듣고, 마치 이해하는 듯 혼자 끄덕거리기도 했고,
단원을 여러 번 훑기는 했으니까 수박 겉 핥기 아니 수박 냄새
맡기 수준으로는 안다고 생각했다. 그런데 당시의 나는 그냥
모른다고 인정하지 못했던 것이다.

스스로에게 이야기했다.
"너 이거 모르잖아. 모르는 거잖아. 모르니까 못 푸는 거잖아.
지금만 그래? 아니잖아. 너 모르는 거야."
뼈아프지만 스스로 인정하기로 했다. 모르는 걸 모른다고
말하기로 했다.
그리고 나서 따져보았다. 80점 중 내가 맞은 점수가 몇 점인지,
'진짜로 완전히 이해해서 풀어낸' 문제는 몇 개인지, 그랬을 때
내 점수는 몇 점이나 나오는지.

시험 문제의 난이도에 따라 차이는 있었지만 정말 100%
이해해서 맞힌 문제를 합산해 보니 50~60점 수준이었다.
나머지는 그나마 '완전히 아닌 답'을 지우고 둘 중 하나를
골랐는데 우연히 맞혔거나, 정말 모르고 찍었는데 정답인
경우였다. 이런 수준으로는 내가 원하는 대학 진학은 꿈도 꿀

수 없었다.

모른다는 사실을 인정하고 하나하나 명확한 정의와 원리부터
따져나가기 시작했다. 이는 내가 나중에 대학생이 되어서
학생들에게 과외 지도를 할 때도 자주 써먹는 말이 되었는데,
예를 들면 이런 것이다.
"합집합, 교집합, 차집합, 여집합, 부분집합. 뭔지 다 아는데, 왜
'집합이 뭐야?'라는 질문에는 답을 못 하지?"
"원소의 개수가 n개인 집합의 부분집합 개수는 2^n이야. 근데
왜?"

'명확하게 이해했다'고 스스로 인정하지 않으면 그냥 넘어가지
않았다. 도저히 풀 수 없을 수준으로 어려운 문제는 일단
해설을 보고 답을 찾는 과정을 익혔다. 그런데 많은 사람이
비슷한 경험을 했겠지만, 해설을 보면 마치 내가 이 문제를 풀
수 있을 것 같은데, 막상 해설을 덮고 풀면 못 푼다. 그렇게 못
푼 문제는 별도로 표기를 해놓고 다음 날 다시 풀었다. 심한
경우 한 문제를 스무 번 가까이 풀었다. 그렇게 완전히 이해할
때까지 물러서지 않았다.

그렇게 고 2 여름방학 때부터 고 3에 돌입하기 전까지 자습
시간의 80% 이상을 수학 공부에 매달렸다. 남들이야 어떻게

생각하든 스스로에게 떳떳할 만큼 이해해야 넘어가는 일을
반복했다. 그렇게 반 4등으로 고 3에 진학한 나는 고 3
여름방학쯤 전교 1등을 했고, 그 이후 꾸준히 전교 2~4등의
성적을 이어갔다. 수능에서는 안타깝게도 학교에서 수석은 못
하고 차석을 했다.

아주 단편적인 어린 시절의 예시다. 하지만 이 예시는 내 삶의
방향을 조금 바꾸어놓았다.
재밌는 사실은 화살을 날릴 때 0.1도만 각도가 틀어져도
과녁판을 완전히 벗어날 수 있다는 점이다.

만일 내가 고 2 때 스스로에게 솔직하지 못했다면 어떻게
되었을까?
'아, 이번엔 운이 안 좋았어.'
'아, 이번엔 내 실력이 아니야.'
라고 스스로를 위안하고 순간만 모면했다면 나는 어떻게
되었을까?

그리고 대학 진학 후에도 '합리화하고 싶은 순간'마다 내가
유혹을 뿌리치지 못하고 상황을 합리화했다면 현재의 나는
과연 어떤 모습일까?
장담컨대 지금과 비교도 안 될 만큼 모자란 사람으로 살아가고

있을 것이다.
이 모든 변화는 내가 나 스스로에게 솔직해졌기에 가능했다.

*누군가는 운을 탓하고 누군가는 때를 탓하고 누군가는
상대적인 제약 조건을 탓한다.
그래서 진짜로 결과가 달라진다면 수천 번 수만 번이라도
탓해라. 그러나 안타깝게도 그런 일은 절대로 벌어지지 않는다.*
악조건 속에서도 피는 꽃이 있고, 어려운 상황에서도 해내는
사람이 있다. 스스로가 부족한 영역을 인정하고, 그 부족함을
메울 생각을 하지 않는다면 결코 발전할 수 없다.

모자람을 인정하는 순간은 아프고 쓰리다.
상처에 소독약을 바르는 순간은 아프고 쓰리다.
그 순간의 아픔과 쓰라림이 싫다고 외면하면 흉터가 크게
남는다.
당신의 모자람 앞에 당당하게 마주하라. 지금 당장 모자람을
마주하지 않으면 앞으로도 당신은 적어도 그 분야에서는
영원히 모자란 사람으로 남게 된다.

'모자람'을 진심으로 인정해야 '탈모자람'이 가능해진다.
대체 당신의 변명은 무엇이란 말인가.

모자란 것은 부끄러운 일이 아니다. 모자람을 외면하는
것이 부끄러운 일이다.

내가 '최대치'로 노력하고 있다는 착각

"나는 정말 열심히 하고 있는데, 왜 안 되는 건지 모르겠어.
쟤들은 학교 잘 나온 거 하나로 저렇게 쉽게 승승장구하는데."

"뭔가 되게 잘못 생각하고 있는 거 같은데."

"?"

"일단, 네가 열심히 하는 것은 인정해. 그런데 그건 네가 알고
있는 사람들 사이에서나 열심히 하는 것일지도 몰라."

"그러니까, 네가 열심히 하는 것 자체에 토를 달고 싶은 건
아니야. 그런데 그건 네가 소속된 집단 안에서 열심히 하는

것이지, 너와 다른 세상, 조금 더 잔인하게 이야기하면 너보다
더 뛰어난 사람들의 세계에서 그들이 어떻게 생활하고 어떻게
노력하는지는 모르지 않아?"

"아까 한 말에 이미 오류가 있어. 좋은 학교 나온 친구들이
정말 너보다 노력을 안 할 거라고 생각해?"

"학교뿐만이 아냐. 물론 집안 재산 많아서 아무것도 안 하고
팽팽 노는 사람들도 있지. 근데 적어도 내가 보아왔던 수많은,
'진짜 잘사는 집안' 친구들도 엄청나게 노력하고 오히려 상상
이상으로 고생해."

"객관적으로 인정해 보자고. 그들이 이미 너보다 능력이 어느
정도 뛰어난데, 그들이 하는 노력의 수준이 너보다도 더 깊다면
어떻겠어? 네가 따라잡지 못하는 게 당연한 거 아닐까?"

"네가 열심히 하지 않는다는 게 아니야. 그런데 그게 정말
'최선'인지는 다시 생각해 볼 필요가 있어. 냉정하게
생각했을 때 너보다 더 상위의 그룹이 존재하고, 그 그룹에
속한 사람들은 너보다 능력도 좋은데 더 열심히 노력하는
경우가 대다수라는 걸 알았으면 좋겠어. 네 주변 사람 중에는
네가 가장 노력하는 사람일 수도 있지. 하지만 다른 집단에

소속되었을 때도 네가 가장 열심히 하는 사람일까? 아마 아닐 거야."

"진짜 경쟁 상대는 어쩌면 옆에 있는 사람이 아니야. 네가 바라는 꿈이 높으면 높을수록, 너보다 상위, 그 상위에 있는 능력도 좋은 사람들이 엄청난 노력을 이미 하고 있다는 사실을 깨달아야 하고."

"그들을 정말 이기고 싶다면 지금만큼 해서는 안 돼. 지금 너보다 잘난 사람들이, 너의 기대처럼 아무 노력도 안 하면서 살아주지는 않거든."

성공하지 못하는 사람들이 자주 하는 실수가 있다.

자신의 배경과 재능은 폄하하고, 자신의 노력은
대단하게 여기는 일이다.
막상 자신의 주변에서 누군가가 노력하면 그 노력은
폄하하고 혹여나 누군가가 성공하는 모습을 보면 그
사람의 재능과 배경 덕분에 성공이 이루어졌다고
생각한다.

막상 본인은 그리 열심히 노력하지도 않으면서,
재능과 배경 덕에 성공한 사람들이 한 만큼의 노력도
하지 않으면서.

주류(主流)는 이유가 있다

"내가 비록 ○○이지만, ××보다는 나아!"

이 말이 사실일 수도 있다.

그런데 대부분은 아주 격차가 적게 벌어져 있는 경우에만 맞을
가능성이 높다. "내가 하버드, 서울대는 안 나왔어도 그들보다
나아!"라는 말이 사실이려면 그래도 이름 들어본 인서울
이상의 학벌을 갖췄어야 진실일 가능성이 있다.

"내가 비록 고등학생 땐 열심히 안 해서 좋은 대학을 못 갔지만
내가 그 안에서 얼마나 열심히 했는데"라는 말도 어폐가 있다.
노력의 총량으로 생각해 보자.

당신이 원망하는, '좋은 대학 나온 사람들'은 분명 당신도
인정하듯 고등학생 때 노력한 사람들이다. 당신이 대학 가서
정말로 열심히 했다고 가정해 보자. 그런데 당신은 상대방이
대학 간 이후로 노력하지 않았다고 착각하는 경우가 많다. 나는
만점에 가까운 학점인데, 저놈들은 겨우 3점대 혹은 그것도 안
되는 학점으로 취업만 잘들 한다고 말한다. 되묻고 싶다.

"당신 학교 다닐 때 몇 등 했나? 반 1등 이겨본 적 있나?"
"그 반 1등들만 모아놓은 데서 당신은 몇 등이나 할 것
같은가?"

즉, 경쟁 상대가 다르다. 당신이 노력했다 하더라도 그건 당신
집단에서 가장 노력했을 뿐이다. 당신은 최선의 노력을 했을
수 있다. 하지만 정말 최고의 노력을 했다고는 할 수 없다.
당신이 노력하는 레벨 이상의 노력도 존재한다는 사실 자체를
아예 모르기 때문이다.

거기에 집단별로 접할 수 있는 정보의 수준이란 게 있다.
나는 운 좋게 카투사로 군대를 다녀왔는데, 훈련소에서 내가
속한 소대 50명 중 30명이 카투사였고, 그 카투사 중 20명
이상이 서울대 출신이었다. 유일하게 지방대 출신이 한 명
있었는데, 그 친구가 하는 말이 "너희들은 다 어떻게 알고

카투사를 지원했어?"였다. 자기는 혼자 이것저것 정말 열심히 알아봐서 지원했고 주변 사람들은 으레 육군 아니면 해·공군에 간다고 했다. 육군이나 해·공군보다 카투사가 더 누리는 이득이 많다고 생각해 지원하는 것이지 어떤 군대가 더 좋다고 층위를 나누는 것은 아니니 오해 없길 바란다.

이처럼 *어울리는 집단이 달라지면 접할 수 있는 정보도 달라진다.* 내가 학교 다닐 때 내 주변 모든 동성 친구는 다음과 같은 생각을 했다.

1. 애당초 대학원에 가서 전문연구요원으로 대체복무를 하거나
2. 군대에 갈 거라면 카투사 → 의무소방 → 의무경찰 → ROTC → 그 외 군장교 → 그것도 안 되면 현역 지원. 혹은 계획에 없던 대학원 진학

어떤 집단이 당연히 가지고 있는 정보를 어떤 집단은 가지지 못하는 경우도 많다. 당신이 아무리 최선의 노력을 다해도 얻는 정보의 양과 질이 다르면 원하는 걸 쉽게 얻을 수 없다.

어떤 부티크 컨설팅사에 다니는 사람이 이런 말을 했다고 한다.

"내가 M사 컨설턴트보다 훨씬 똑똑해."(참고로 M사는 글로벌 1위 경영 컨설팅 업체다.)

나는 그의 말이 맞을 가능성을 0.01% 미만으로 본다. 그가 정말로 똑똑하고 노력을 했을 수 있다. 그런데 그랬다면 진즉에 M사에 입사했어야 했다. M사가 주지 못하는 다른 가치, 예를 들어 연봉 때문에 다른 길을 택했을 수도 있다. 그러나 부티크 컨설팅사의 연봉이 M사보다 더 높은 경우는 거의 없다. 또한 이미 그 사람이 개인적으로 아무리 똑똑해도 절대 접하지 못하는 정보가 존재한다. 결과적으로 그의 말은 전혀 타당하지 않다.

《삼국지》에 나오는 여포가 제아무리 강하다 할지라도, 조조의 백만 대군을 혼자 상대할 수는 없다. 역량이 뛰어나도 개인이 주류를 이기기는 쉽지 않다. 그리고 그 개인이 정말 뛰어났다면 애당초 그 주류에 편입했어야 하고.

주류와 1등은 이유가 있다. 주류와 1등을 깨기 위해서는 엄청난 재능이나 누구도 따라오지 못할 수준의 노력을 겸비해야 한다. 아니면 정보력 혹은 자금력이 무시무시하거나. 그런데 만약 당신이 엄청난 재능, 대단한 노력, 정보력 혹은 자금력 중 두 가지 이상을 이미 가지고 있다면 당신은 이미

주류여야 한다. 그게 아니라는 건, 무언가 모자라다는 의미다.

아직도, 그렇게 말할 수 있는가?
"내가 비록 ○○지만, ××보다는 나아."

이미 잘 다듬어진 길 말고 다른 길을 개척하는 일은
훨씬 더 고통스럽고 많은 노력이 든다. 주류가 아닌
길을 택하고 더 나은 사람이 되는 게 쉽지 않은
이유이다.

무언가를 시작하는 당신에게

무언가를 열심히 하는데도 큰 변화가 없다고 조롱하는 타인의 말을 듣지 마라. 지금 그렇게라도 노력하기에 그 상태를 유지한다고 생각해라. 적어도 아무것도 안 하며 조롱이나 해대는 상대방보다는 당신이 훨씬 낫다.

가만히 있으면 유지되는 게 아니다. 가만히 있으면 퇴보한다. 모든 성장은 완만하게 이루어지지 않는다. 계단식으로 이루어진다. 퇴보하고 있지 않다면 언젠가 그 계단 위를 올라갈 날이 온다.

유난 떠는 모두가 특별한 가치를 창출하는 것은 아니다. 그러나 특별한 가치를 창출한 사람 중 대중이 보기에 유난스럽지 않았던 사람은 아무도 없다.

일기 예보 적중 확률을 극대화하려면 그냥 날마다 '오늘은
맑다'고 하면 된다. 실제로 맑은 날이 비가 오거나 눈이 내리는
날보다 훨씬 많으니까. 그러나 그렇게 말하면 비 오는 날
낭패를 당하겠지.

주변에서 무언가를 야심만만하게 시작하려는 사람에게 "너
못 해"라고 말하면 그 말이 맞을 확률이 훨씬 높다. 선언하고
성공하기보다 실패하는 사람이 훨씬 많으니까. 하지만 혹시나
당신 주변에 크게 성공하는 사람이 존재한다면, 당신은 그
사람을 못 알아본 일에 대해 후회하게 되겠지. "그때 친하게
지낼걸"이라는 의미 없는 푸념이나 하면서.

그러니 당신의 성공을 의심하는 자들에게 위축되지 마라. 그저
보석이 원석 상태에 있다고 돌멩이라 떠드는 사람들일 뿐이다.

"뭘 그렇게까지 해요?"라고 하는 사람들의 말도 듣지 마라.
당신이 목표한 바를 성취하기 위해서는 그렇게까지 해야 하는
게 맞는다. 그 일이 실패로 판명 났을 때, 당신에게 과거 "왜
그렇게까지 해요?"라고 한 사람들은 혀를 차며 "거봐, 그럴
줄 알았어"라고 말할 것이다. 유난스러워야 할 때에는 확실히

유난스럽게 굴어라.

주변 사람들이 "네가 그걸 어떻게 해?"라고 말할지도 모른다.
사실 그 말은 "나도 못 하는데 네가 그걸 어떻게 해?"라는
말이다. 속으로 가볍게 말해줘라.
'못 하는 건 네 사정이고 난 달라.'

위에서 언급한 이야기는 무언가를 하고 있는 당신을 위한
격려다. 그 격려를 받을 자격이 있는지 스스로 판단해 보라.
정말 열심히 하고 있는지, 정말 최선을 다하고 있는지.
적어도 스스로를 속여가며 자신을 포장하려 하지 마라. 대충
노력하면서 너무 큰 가치를 바라지는 않는지 생각해 보라.

이 모든 질문에 단호하게 대답할 수 있다면,
지금 시작한 목표를 반드시 이루겠다고 확신한다면,
지금부터는 당신이 이루려고 하는 일을 실패할 것이라는
생각은 추호도 하지 말고, 당연히 다가올 미래라고 확신하길
바란다.

*당연히 다가올 미래에 부끄럽지 않을 당신을 진심으로
응원한다.*

주변의 비위를 모두 맞춰가며 성공하는 사람은 없다.
치열하지 않고 성공하는 사람은 없다.
노력 없이 배경과 재능만으로 성공하는 사람은 없다.

노력이 지속되면 능력이 된다

나는 스스로에 대해 '빛 좋은 개살구'라는 표현을 자주 쓴다.
겸손이나 기만의 표현이 아니다. 진심으로 느끼는 바다. 나는
아직도 소속되어 있는 집단에서 언제나 울고 허덕이며 달린다.
한 번도 속했던 집단에서 편안하고 압도했던 경험이 없다. 남들
눈엔 꽤나 그럴싸해 보이지만, 그 안에서 나는 맘이 편안하고
내 맘대로 모든 걸 휘둘러 본 경험이 없다.

그러나 집단이 먼저 나를 탈락시키지 않는 이상 악착같이
매달리며 할 수 있는 일을 해나갔다. 그렇게 끝내 노력해도
성취하지 못할 때도 있었고, 상대가 나를 오래 기다려주지
않은 적도 있었다. 그런 와중에도 작게나마 성취하는 일들도
생겨났다.

그렇게 한 단계에 익숙해지고 조금은 편안해질 만하면 나는 왜 그랬는지 모르겠지만 내 자리를 옮겼다. 다음 단계로 진입할 수 있다면 스스로 기꺼이 그런 선택을 했다. 그러고는? 역시나 또 고통의 시작이다. 나보다 너무나 뛰어난 사람들 틈바구니에서 치이고 깨지고 아파했다. 그런데 그 생활을 포기하지 않았다.

몇 번만 따져보아도,
1. 고등학생 때 내 실력을 돌파하기 위한 몸부림
2. 대학 입학 후 주변의 뛰어난 사람들과 대등해지고 싶어 부린 몸부림
3. 컨설턴트로 지내며 과거보다 한 단계 더 정제된 사람들과의 협력에서 뒤처지기 싫어 한 몸부림
4. 그 이후로 이직한 직장에서 빠른 트렌드에 민감하고 동시에 대단히 똑똑한 분들과 일하며 폐를 덜 끼치기 위한 몸부림

최소 네 번의 '몸부림'이 있었고(작은 이벤트로는 훨씬 더 많이) 그 순간순간은 정말이지 몸이 덜덜 떨리고 눈물이 주르륵 흐르고 괴로워서 그만 살고 싶다는 생각이 들 만큼 고통스러웠다.

여전히 나는 부족한데, 몸부림을 치던 1번일 때의 나와 비교하면 많이 성장했다는 생각이 든다. 2번의 나와 지금을 비교해도 분명 성장해 있다. 3번 때와 지금을 비교해도 꽤 나은

사람이 되어 있다.

그러다 보니 자연스럽게 생각이 미친다. 지금 4번에서 허덕거리고 힘들게 쫓아가고 있지만, 이 단계도 언젠가는 극복하고 시간이 지나 생각해 보면 지금의 나보다 앞으로의 내가 더 성장해 있으리라고 확신한다.

세상에는 '대학 잘 가면 그만'이라는 말도 있고 '학벌로 너무 많은 것을 얻는다'는 비판도 있다. 그런데 나는 그 말이 좀 수정되어야 한다고 생각한다.

'좋은 대학을 가서'가 원인이 아니고 '좋은 대학을 가서 만나는 훌륭한 사람들과의 부대낌'이 진짜 원인이다. 이 말을 다른 용어로 또래 압력(peer pressure)이라고 한다.
그래서 수준이 높고 훌륭한 사람들을 지속적으로 만나고 그 안에서 도태되지 않기 위해 치열하게 살다 보면 또 다른 문을 열 수 있게 된다. 그렇게 몇 번의 'and'가 겹치면 그게 결국 큰 성장으로 사람을 이끈다.

그리스·로마 신화에 등장하는 시시포스는 아무리 밀어 올려도 결국 다시 굴러떨어지는 돌을 영원히 밀어 올려야 하는 형벌을 받았다. 우리가 어떤 일을 하면서 시시포스 같은 고통을 느끼는

건 어찌 보면 당연하지만 실제로는 시시포스만큼 고통스럽게
살아가지는 않는다. 내가 생각하는 그림은 오히려 계단식이다.

무거운 돌을 지고 위로 올라가려면 엄청난 고통이 따른다.
올라가려는데 떨어지고 또 떨어지는 좌절의 순간도 몇 번이나
만나게 된다. 그러나 끝내 그 돌을 평지에 올려두는 순간,
잠시 편안한 순간을 맞이하게 된다. 그 위 단계로 계속해서
올라가면서 잠깐씩 편안한 순간을 맛보지만 다시금 더 크고
무거운 돌로 교체받고 다시 언덕을 올라야 한다. 과거보다
훨씬 힘들고 고통스러운 과정이 따른다. 올라갈수록 고통은
더욱 심해지고, 꾸준히 내구력이 쌓였다 하더라도 고통스럽지
않은 건 아니다. (단, 고통스러움을 덜 느끼고 비교적 수월하게 상승하는
사람들이 있다. 이른바 '재능이 있는' 사람들이다.)

그러나 재능이 있는 사람도 한계가 있다. 누군가는 세계
최고의 재능을 가져서 끝까지 오르는 동안 전혀 힘들지 않을
수도 있지만, 누군가는 1단계에서 이미 가진 재능을 다 써버려
그다음부터는 한 단계 한 단계 죽을힘을 내야 하는 경우도
있다.

다음 단계로 무조건 나아가야 하는 것도 아니다. 평지에 올랐을
때 '이 정도면 충분해'라고 생각하고 그 자리에 머물면서

나머지 인생을 보내는 게 결코 잘못은 아니다. '만족 수준'은
모두가 다를 수밖에 없고, 그 수준이 낮다고 모자란 인생이라고
할 수 없다.

그러나 스스로 '성장하고 싶다'면 기꺼이 더 무거운 돌을
받치고 언덕을 오를 각오를 해야 한다. 그 과정은 과거보다
더 고통스럽고 더 강한 저항으로 온다. 악당이 등장하는
만화를 보면 보통 주인공은 점차 성장하는데, 그 악당들이
어떻게 그렇게 간신히 이길 수 있을 만큼만 센 놈들로 줄지어
차근차근 오는지 모르겠다. 그런데 우리의 성장이 정말 그렇게
일어난다. 내가 엄두도 내지 못할 일이 갑자기 다가오는 경우는
극히 드물다. 특히 커리어적인 성장에서는.

누군가는 재능과 능력을 처음부터 꽤 많이 가지고 태어난다.
하지만 그들이 지닌 재능 역시 분명 유한하며, 그들도 그
이상의 세상으로 나아가기 위해서는 반드시 노력을 투입해야
한다. 정말 분명하게 말할 수 있는 사실이 하나 있다. 가장
높은 수준에 있는 사람들은 재능도 꽤나 출중하지만 노력도
엄청나게 한다는 사실이다. 대학 입시에 성공하고 좋은 직장을
얻는 데까지는 가지고 있는 재능으로 많은 부분을 커버할 수
있으나 그 이후는 사실 완전히 다른 이야기라는 사실을 알아야
한다.

스스로를 돌아보았을 때 주변에서 인정할 만큼 대단한 재능의
소유자인가?
그렇지 않다면 그 빈 부분을 중단 없는 노력으로 채울 각오를
해야 한다. 당신이 성장하겠다고 마음먹은 사람이라면.

그렇게 고통스러운 과정을 끝내 겪고 무거운 돌을 평지에
올려놓는 순간, 당신이 해온 지금까지의 노력은 당신의
능력으로 변모한다. 어찌 보면 시간이 오래 지나 내가 많이
성장했구나 하는 생각이 들게 되는 이유는, 지금껏 포기하지
않은 당신의 노력이 능력으로 바뀌었기 때문이다.

이 간단한 사실을 너무 잘 알고, 그 사실로 이제는 꽤 많은
수혜를 받고 있기 때문에 나는 부족하지만 그래도 노력을 멈출
수가 없다. 그 숱한 노력이 또 하나의 언덕을 오르는 밑거름이
된다는 사실을 알기 때문에.

노력이 지속되면 능력이 된다.

지금 당신이 하는 노력은 엄청난 가치가 있는 일이다.
포기하지만 않는다면.

'하나의 주제'에 몰입하는 것

과거 학부모를 상대로 강의를 한 적이 있다.
당시 어린 학생들을 대상으로 강의를 했기에 보호자 차원으로
온 것인데 강의에 푹 빠져서 이야기를 듣더니 이런저런 질문을
하기 시작하셨다.

처음 강사 소개 때 출신 학교 등을 보고 나서 아이가 공부
잘하는 법에 대해서 질문을 하고 싶어 하셨다.
늘 그렇듯 "우리 애는 공부에 집중을 못 하고 딴짓을 너무
많이 해요"라고 말씀하시는데, 나는 이런 부모님 뼈 때리는
담당이다.

내 대답은,

"저, 죄송한 말씀 하나만 드리면요. 학부모님 좋은 학교
나오셨나요?"

예상치 못한 질문에 뒷머리를 긁적이신다.
"학부모님 머리 그대로 자녀가 닮는 겁니다. 갑자기 머리 좋은
아이가 나타날 가능성이 높을까요, 아니면 비슷한 아이가
태어날 가능성이 높을까요?"
"……"
"한 가지 더 질문드리면요, 댁에서 쉬실 때 주로 뭐 하세요?"
"텔레비전 보거나……."
"왜 어른은 텔레비전을 봐도 되고, 아이는 딴짓을 하면
싫어하시나요?"

살짝 놀라는 표정이 역력했다. 나는 말을 계속 이어나갔다.
"저는 오히려 가장 문제가 되는 유형은 '아무것에도 흥미 없는
아이'라고 생각합니다. 제가 차분하게 공부만 열심히 해서 대학
진학했다고 생각하시죠? 전혀 아니에요."

"공부가 가장 중요하던 고 2 시절에, 당시 흔치 않은 웹페이지
언어를 공부해서 홈페이지 만드는 데 엄청나게 집중했어요.
매일 두세 시간 자면서도 피곤한 줄 몰랐어요. 그렇게 두 달
만에 웹 언어를 공부하고 혼자서 홈페이지를 만든 게 얼마나

뿌듯하던지요."

"그리고 이런 교육적인 경험만 좋은 게 아니에요. 대학 시절에는
스타크래프트라는 게임에 빠져서 방학 2.5개월을 통째로
날려먹었어요. 아침 10시부터 새벽 5시까지 하루도 빼먹지 않고
했어요. 마침 그때 친누나가 서울에 올라와 공부할 일이 있어서
같이 방을 썼는데 아직도 친누나는 제가 대학 가서 공부는 안
하고 게임만 한 걸로 기억해요."

"지금 당장 공부에 집중해서 바로 척척 좋은 성적을 받아오면
좋겠죠. 그런데 아직 중학생이잖아요. 지금부터 공부 잘해야
한다고 너무 압박감을 주시는 건 아닌가요? 게다가 유전적으로도
습관적으로도 좋은 모습을 물려주시거나 보여주신 게 없어
보이는데요."

"저는 오히려 어릴 때 강력한 몰입의 경험을 한 번이라도 해보는
게 훨씬 중요하다고 봅니다. *제일 안 좋은 건 하고 싶은 게
아무것도 없거나 이것저것 건들기만 하고 끝장을 본 경험이 없는
거예요. 이런 애들은 정말 아무것도 못 하는 경향이 크거든요.*"

질문이 이어진다.

"그럼 웹서핑을 하거나 인터넷 쇼핑을 하는 것도 몰입인가요?"

"아니죠. 그건 몰입이 아니라 이곳저곳을 웹이라는 매개체를 통해 돌아다니는 행위일 뿐이죠. 그런 경험이 아니라, 한 가지 게임을 시작해서 엔딩을 볼 때까지 집중한다든지, 무언가 하나에 빠져서 결과물을 낼 때까지 끝장을 본다든지 하는 경험이 중요하다는 겁니다. 예를 들어 '여자 옷'에 집중해서 그런 사이트만 돌아다니며 예쁜 옷을 집중적으로 찾아본다면 이건 몰입이 맞죠. 그러나 옷 사이트 보고, 장난감 사이트 보고, 인형 사이트 보고, 친구 만나는 사이트 보고…… 이건 몰입이 아니에요. 시간 때우기 행동이죠."

"아이는 아이입니다. 어머니들도 중학생 때 공부에만 집중 안 하셨죠? 네, 저도 그래요. 그런데 왜 그걸 아이에게 강요하나요? 시대가 바뀌어서요? 그런 비자발적 강요가 오히려 아이에게 몰입의 경험을 방해합니다. 무언가 몰입을 하고 있다면 그냥 참고 기다려주시고, 몰입을 하고 있지 않다면 그게 공부가 아니어도 좋으니 몰입할 수 있는 그 어떤 것이라도 해보도록 도와주세요. 아직 고등학생도 아니잖아요. 아이가 옷에 관심이 많다고 하셨죠? 그럼 마음껏 옷에 대해서 탐구할 수 있도록 허용해 주시면 됩니다."

"강력하게 몰입해 본 경험이 있는 사람은 나중에 자신이
필요하다고 느꼈을 때 모든 걸 걸고 달려들어 그 일을
해냅니다. 그게 설령 공부가 아니어도 충분히 성공할 수 있는
시대가 되었고요."

이 답변을 들은 후 학부모님들은 무언가 크게 깨달으신 듯
고마움을 표하셨다.

몰입해 본 경험이 있는 사람은 몰입이 필요한 순간 그런
경험을 해보지 않은 사람들보다 훨씬 뛰어난 성과를 낸다.
그래서 그게 어떤 주제든 미친 듯 몰입해 보는 경험이
중요하다.

무언가를 하고 있다는 착각만큼 무서운 건 없다.
이 일 저 일 오락가락하고 있다는 건 시간만 쓰고 아무것도
하고 있지 않다는 것이다.
몰입의 경험은 소중하다.
그러나 그 몰입의 대상은 '한 가지 혹은 소수의 주제'여야 한다.

한 가지 대상에 집중하여 결과물을 냈을 때 몰입했다고 할 수
있다.
결과물을 내지 못한다 하더라도 최소한 한 가지 주제나 소수의

주제에 아주 깊게 빠져들어 나머지가 보이지 않을 만큼 해야
몰입이라고 할 수 있다.

몰입해 본 경험이 있는 사람은 언제든 성공할 수 있는 씨앗을
가슴속에 쥐고 있는 셈이다.
제대로 된 몰입의 경험이 필요한 이유다.
특히, 당신이 성공하고 싶다면 말이다.

철학자 소크라테스는 어떤 주제에 빠지면 날이 새도록
아테네의 아고라에 서 있었다고 한다. 그 문제가
풀려야만 움직였다고 한다.

몰입은 우주에 오직 그 '문제'와 '나'만 존재하는
상태이다.

Make it Happen(실재하도록)

어릴 때는 번뜩이는 아이디어가 떠오르면 흥분을 주체하지
못하고 '이 아이디어가 세상을 바꿀 것이다'라고 생각했다.
자연스레, 아이디어를 어딘가에 기록해 둘 뿐 남에게 들키지
않으려 애썼다. 내 아이디어를 누군가 알아내서 막대한 부를
벌어들이면 상대적으로 초라해질 내 모습이 싫었기 때문에.

그렇게 '좋은' 또는 '그때는 좋았던' 아이디어들은 사라지거나
빛이 바래버렸다.
어느 정도 나이가 들고 깨달은 부끄러운 사실은 번뜩이는
아이디어 하나로는 세상이 바뀌지 않으며 아이디어가 실제
손에 잡히고 경험할 수 있는 물건이나 서비스로 바뀌려면
직선이 아닌 미로에 가까운 과정을 견디고 버텨내야 한다는

것이다.

그리고 나와 비슷하거나 나보다 나은 아이디어를 낸 사람은
이미 존재하며, 누군가 내 아이디어를 듣고 그것을 실재하는
것으로 바꿀 가능성은 희박하다. 그러니 나 역시 내가 생각한
대부분의 것을 실제 제품이나 서비스로 만들지 못하고 사장한
것일 테고.

그리고 그렇게 세상의 빛을 보게 되었다 하더라도
여전히 세상은 그 물건이나 서비스 하나로 쉽게 바뀌지 않는다.
그중에서 성공하는 것은 또 극히 일부다.

그래서 그 이후로는, 내가 진짜 직접 해내고 싶고 내가 해야만
하는 일이 아니라면 순간순간 좋은 아이디어가 떠올랐을 때 그
아이디어를 공개하고 공유하고 있다.

나 아닌 누군가가 그 아이디어에 매료되어 우직한 실행 끝에
그것을 실재하게 만들고 그로써 내가 두려워한 것처럼 막대한
부를 끌어모은다 해도 그건 그가 실행했기 때문이지 내
아이디어 때문이 아니니까.

Make it happen. 실제로 존재하도록 만들자.

실제로 일어나게 해야 세상도 바뀐다.
머릿속에서 소용돌이치는 아이디어만으로는 그 어떤 것도
바뀌지 않는다.

"유능한 자는 행동하고, 무능한 자는 말만 한다."

-아일랜드의 노벨문학상 수상자, 조지 버나드 쇼

명언이 당신의 삶을 바꾸지 못하는 3가지 이유

누구나 가슴속에 품고 사는 명사의 어록이 있을 것이다.

검은 배경에 세리프체로 적힌 글을 보고 '아, 멋진 말이다'
라고 생각해 봤을 것이다. 학창 시절 수업 시작 전에 매번
칠판에 명언을 적어주시는 선생님이 계셨다. 처음에는 열심히
다이어리에 받아 적곤 했으나 얼마 지나지 않아 그 일을
그만두었다. 이유는 간단했다. 아무런 의미가 없는 일이라고
생각했기 때문이다.

여전히 '명언'은 많은 곳에서 활용된다. 우리가 평소 타는
엘리베이터에도, 프레젠테이션을 시작하며 청중의 주목도를
높이고자 할 때에도, 잡지에도, SNS에도 명사들의 어록은 쉽게

눈에 띈다.

많은 사람이 명언에 감동하지만 막상 그 명언을 계기로 자신의
삶을 바꾸는 이는 드물다. 대체 왜 좋은 말, 명언은 우리의
삶을 바꾸어주지 못할까? 살면서 최소 수천 개 이상의 명언을
보았을 여러분의 삶은 왜 바뀌지 않았는가?

이는 명언이 가진 어쩔 수 없는 한계와 그 명언을 받아들이는
사람의 잘못 탓이다. 명언이 당신의 삶을 바꾸지 못하는 이유를
알아보자.

1. 명언은 추상적이다

명언에는 How to가 없으며, What to do도 존재하지 않는다.

'꿈을 가지고 도전하라.'
이 말을 보면 무슨 생각이 드는가?
'음 좋은 말이군'이라는 생각이 들었으리라.
그다음에는 무슨 생각을 하는가? 아마 아무 생각도 하지 않을
것이다.

그렇다면 '아침에 일어나자마자 칫솔질을 3분 동안 해야 충치
예방에 효과적이다.'

이 말을 들으면 무슨 생각이 드는가?

차이는 있겠지만 '충치를 예방하려면 아침에 일어나서 바로
이를 닦아야겠군'이라는 생각이 든다.

그렇다. 대부분의 명언은 그럴듯한 좋은 말인데 '추상적'이다.
무얼 하라고 정해주지 않고, 어떻게 하라고도 말해주지 않는다.
그렇다면 명언에 문제가 있는 것인가? 아니다. 명언은 원래
그럴 수밖에 없다.

명언이 되려면 두 가지 요건을 갖추어야 한다.

(1) 말하는 사람이 유명해야 함

(2) 많은 사람에게 와닿는 이야기여야 함

유명하지 않은 사람의 말은 사람들이 주목하지 않으니
차치하고, 많은 사람에게 와닿는 이야기가 되려면 최대한
추상적이어야 한다.

운수를 보러 점집을 찾았다고 하자. 점쟁이가 다음과 같은
말을 한다.

"어릴 때 크게 아프거나 다친 적 있지?"

이 말에 '아닌데?'라고 할 사람은 없다. 그게 실제로 엄청나게
큰 사고였든 질병이었든 그 정도가 심했든 심하지 않았든
자신의 삶 속에서는 누구나 한번쯤 크게 아프거나 다친 경험이

있기 때문이다.

즉, 명언으로 회자되려면 많은 사람이 '저거 내 이야기 같아'
라고 생각해야 한다. 그러다 보니 당연히 추상적일 수밖에
없다.

여기까지는 명언의 잘못이라고 할 수 있다.
하지만 당신의 삶이 바뀌지 않는 건 명언의 잘못이라고 할 수
없다.
두 번째 이유는 다음과 같다.

2. 명언과 삶을 연결하려는 노력을 하지 않는다

"20년 후 여러분은 했던 일보다 하지 않았던 일 때문에 더
실망할 것이다.
그러므로 돛을 올려라. 안전한 항구를 떠나 항해하라. 여러분의
돛에 무역풍을 가득 담아라.
탐험하라. 꿈꾸어라. 발견하라."

이것은 미국의 소설가이자 사회 비평가인 마크 트웨인의
명언이다.
이 명언을 보고 무엇을 생각했는가? 아마도 '도전의 중요성'에
대해 생각하지 않았을까 싶다.

그런데 그래서? 그다음에는 무얼 했는가?

그냥 이 명언을 보기 전에 하던 일로 돌아가거나,
다른 일상생활을 하며 새까맣게 잊어버렸을 것이다.
저 명언을 보고 돛을 올리고 항구를 떠나 항해하는 사람은
없을 것이다.
즉 저 명언에 나온 항해는 '비유'라는 사실을 모두가 안다.
'그래, 도전해야겠구나'라고 깨닫게 된다.

그런데 거기서 생각이 멈춘다. 끝이다. 그리고 그냥 일상으로
돌아간다. 무엇이 바뀌겠는가?
아주 순간, 와사비를 입에 털어 넣었을 때 잠시 뒤에 오는
알싸함처럼 글을 읽고 그 뒤에 따라오는 순간의 깨달음 '같은'
감정만 느꼈을 뿐이다.

다시 말하지만 이건 깨달음이 아니라 '깨달음 같은 감정'일
뿐이다.

"Stay hungry, stay foolish."
모두가 아는, 그리고 너무나 많은 사람이 감명받았다고 하는
스티브 잡스의 명언이다.
감동받아서, 그래서 뭘 했는가? 뭘 헝그리하게 했고 뭘

풀리시하게 했는가?

명언으로 당신의 삶이 바뀌려면 이 명언을 내 삶에 어떻게
투영할지 스스로 생각해 보아야 한다. 그런데 그렇게 하지
않기 때문에 당신의 삶이 명언으로 바뀌지 않는 것이다.

당신이 명언에서 무엇을 깨닫는지는 중요하지 않다. 명언과
당신의 삶을 연결하는 고리는 스스로 생각해 내야 한다.

(1) 이 글에서 무엇을 느꼈고
(2) 깨달은 점을 내 삶 어떤 부분에 적용할지 생각하고
(3) 실제로 할 일을 정하는 것

까지 완료해야 한다. 이는 비단 명언뿐만 아니라 어떤 일을
하더라도 마찬가지다.
회사에서는 프로젝트 하나 끝날 때마다 '다음번에는 이렇게
하겠다'라고 느낀 점을 액션 플랜으로 옮기면서 왜 당신의
인생을 바꿀 일에는 그렇게 대충인가?

3. 만들어 놓고 행동하지 않는다
사실 명언이 여러분의 삶을 못 바꾸는 건 2번의 이유가 가장
크지만, 설령 2번 단계까지 진입했다고 하더라도 실제로

행동하지 않으면 아무 소용이 없다. 열심히 계획을 세워놓고, 가만히 있으면 그 일이 이루어지는가? 절대 아니다. 하기로 한 내용을 실제로 '해야 한다.'

그리고 일단 시작했으면 끝을 봐야 한다.
시작한 일에 대해서는 완결을 해야 의미가 있다는 뜻이다.

명언은 당신이 해야 할 일을 구체적으로 나열해 주지 못한다. 그리고 그렇게 구체적으로 나열한 말은 명언 반열에 오르기도 어렵다. '건강은 중요하다'는 말은 누구나 할 수 있지만 그 건강을 지키기 위해 유산소 운동을 얼마나 하고 웨이트 트레이닝을 얼마나 해야 하는지 구체적으로 알려줄 수가 없다. 명언에 그걸 기대해서는 안 된다.

명언이 불친절한 것은 어쩔 수 없는 일이다. 명언을 내 삶에 녹여내기 위해 노력을 했는지 먼저 생각해 보자. 그리고 그 생각해 낸 계획을 실제로 행동해서 완결하는 일만이, 당신이 명언을 계기로 변화하는 유일한 방법임을 잊지 말자.

평생 '멋진 말이다'만 반복하면서 뒤돌아서면 잊어버리는 금붕어 같은 삶을 살지, 멋진 말을 내 삶 속에 스며들게 만들어 실제로 인생을 변화시킬지, 선택은 당신의 몫이다.

명언은 말이 멋있어서 명언이 아니다. 위대한 일을 한
명사가 한 말이기에 명언이다.

그리고 위대한 일을 한 모든 사람의 공통점은
'행동했다'는 것이다.

목표 앞에서 하면 좋을 생각 7가지

1. 시한이 정해져 있는 일 앞에서 유혹에 흔들릴 때 종종 이런 생각을 한다.

'이 유혹에 넘어가고도 내가 목표한 바를 이룰 수 있으면 좋겠지만, 만약 그러지 못한다면 지금 한순간의 유혹을 버티지 못한 이 순간이 두고두고 한으로 남을 것 같다.'

이렇게 생각하면 대체로 그 유혹이 물리쳐지곤 한다.

2. 최선을 다한다는 것은 내가 얼마나 달려야 할지를 예상하지 않고 처음부터 전력 질주를 한다는 의미가 아니다. 100미터를 달려야 할 때와 마라톤을 뛰어야 할 때의 전략은 당연히

달라야 한다.

3. 많은 사람이 얼마나 '오랜 시간'을 투자했느냐를 노력의
척도로 삼는다. 하지만 시간은 양보다 밀도다. 투자한 시간이
더 짧더라도 더 큰 수확을 일굴 수 있다. 같은 시간 최대한
몰입하고 집중하는 것이 필요하다. 어영부영 보낸 시간이
길다고 더 많은 일을 한 것은 아니니까.

4. 그러나 아무리 집중한다고 해도 어떤 일을 성취하려면 어느
정도의 절대시간이 필요한 것은 사실이다. 대다수의 일은 오래
노력하는 만큼 성취도 한다. 남들보다 훨씬 더 빠르게 일을
성공시킬 수 있다고 스스로의 능력을 과신해선 안 된다.

5. 생각해 보면 일을 미루어서 최종적인 성과가 잘 나온 적은
단 한 번도 없었다. 중요한 일일수록 당장 해야 한다.

6. 마찬가지 맥락에서 쉬운 일, 어려운 일, 중요한 일 중
가장 먼저 해야 할 일은, 난이도와 관계없이 중요한 일이다.
중요도는 그 시급성과 그 일이 성사되었을 때 혹은 성사되지
않았을 때 미칠 파급력을 모두 고려하여 결정하면 된다. 달랑
쉬운 일 하나 처리해 놓고 이거 하느라 중요한 일을 못 했다고
한다면 그것은 면피성 핑계에 불과하고, 어려운 일이라고

무작정 덤벼드는 것은 시간 여유가 아주 넘칠 때나 할 수 있는 것이다. 무조건 중요한 일 먼저 해야 한다.

7. 세 가지 일을 1/3씩 끝내놓기보다 세 가지 일 중 한 가지라도 확실하게 끝내고 다음으로 넘어가야 한다. '이도 저도 아닌 사람' 이 되기보다는 '시간만 더 주면 모두 해결할 사람'이 되는 편이 낫지 않은가?

목표는 내 삶을 지탱해 준다는 점만으로도 충분히
의미가 있습니다.
그러나 그 목표를 직접 이룰 때 그보다 훨씬 더 큰
의미가 있습니다.

Wow가 아닌 How

네가 감동적인 이야기, 위대한 이야기,
멋진 이야기를 보고도 달라지지 않는 이유는
그것을 보고 오로지 감동만 할 뿐
'닮으려' 하지 않기 때문이야.

네가 감동적이고 위대하며
멋진 사람이 되길 바란다면

모두가 그 스토리에서 Wow를 외칠 때,
너는 그 스토리에서 How를 찾아야 해.

당신은 감탄에서 그치나요?
방법을 찾으려 하나요?

Slow but Steady(느리더라도 꾸준히)

엄청난 사건이나 사고가 아닌 이상 거의 모든 일은 일회, 또는
단 하루에 엄청난 변화를 이끌어내지 못한다. 그것은 좋은
쪽의 일이든 나쁜 쪽의 일이든 마찬가지이며, 좋은 방향의
일은 더더욱 그렇다.

하루 폭식한다고 마른 사람이 순식간에 뚱뚱해지는 것이
아니며, 하루 굶는다고 뚱뚱한 사람이 홀쭉해지는 것도 아니다.
하룻밤을 새워서 공부한다고 점수가 수직 상승하는 것도
아니며, 단 하루 공부하지 않는다 해서 성적이 수직 하락하는
것도 아니다.

다만, 정말 경계하거나 염두에 두어야 할 것은 'Bang but

Once(한 번의 강력한 폭발)'가 아니라 'Slow but Steady(느리더라도
꾸준히)'이다. 폭식은 아니어도 꽤 많은 양을 며칠간 꾸준히
먹으면 제아무리 기초대사량이 높은 사람이라도 살이 찐다.
제아무리 성적이 좋은 사람이라도 공부하지 않는 시간이
늘어나면 성적은 서서히 떨어진다.

좋은 일들도 마찬가지다. 한 번 운동했다고 근육질의 몸매가
되는 것은 아니지만 빼먹지 않고 꾸준히 하면 분명 몸 상태는
좋아진다. 매일매일 책 읽는 습관이나 공부하는 습관은 시간이
지나고 나면 상당히 큰 변화를 가져온다.

문제는 욕망이나 유혹에 이끌려 자연스레 하는 일들 대부분이
우리에게 부정적인 결과를 가져온다는 것이다. 바닥에 배 깔고
먹는 게 얼마나 편하고 좋은가? 침대에서 계속 뭉그적대는 걸
싫어하는 사람이 세상에 있을까? 이러한 것들은 한번에 당신을
망가뜨리지 않는다. 그러나 차츰차츰 쌓일 때 무서운 것이다.

우리를 이롭게 하는 일들은 대부분 순수한 욕망과 반대되는
작업을 거쳐야 한다. 그 반하는 작업을 나는 '결심'이라고
부른다. 크든 작든, 어떠한 일을 하기 위해서는 결심을 해야
한다. 최소한 팔굽혀펴기나 최근 유행하는 플랭크를 하기
위해서도 '엎드리는' 결심 정도는 해야 한다. 동네 헬스장을

가더라도 '옷을 챙겨 입고' 나서는 결심부터 해야 한다. *위대한 일, 대단한 일도 결국 이 '결심'에서 시작한다.*

우리를 망가뜨리는 일들은 이 '결심'이 필요 없다. 되레 '참는 것'이 진정한 결심이 된다. 게임을 하고 싶다거나, 맛있는 것을 먹고 싶은 것을 참는 것이 오히려 결심이 된다는 뜻이다.

지금 당신의 배도, 당신의 근육질 몸매도, 당신의 성적도, 당신의 현재 위치도 상당 부분 당신의 하루하루가 쌓여서 만들어진 결과다. '지금껏 대체 뭐 했냐?'가 이 글의 결론이 아니다. 이 글의 핵심은 여러분이 당장 문제의 심각성을 느끼고 행동을 취해야 한다는 것이다. 그러나 그 과정에서 원하는 만큼 빠르게 결과가 나타나지 않는다 해서 실망하지 말라는 것이다.

당신이 무너지는 것도 당신이 개선되는 것도 서서히 온다는 것을 잊지 마라. '하루'라는 시간은 모든 것을 송두리째 바꾸기엔 너무나 짧지만, 그 하루가 차곡차곡 쌓여야 성과를 이룰 수 있다.

당신의 현재는 지금껏 살아온 과거의 합이고, 당신이 만들어낼 미래 역시 당신이 매일 살아가는 하루의 합이다.

당신이 이룰 수 있을지 없을지 모를 그 '이상'도,
결국엔 '일상'의 합이라는 것을 잊지 않기를.

목표의 크기보다 목표를 대하는 태도가 중요하다

제 지인 중에는 정말이지 밤낮없이 먹을 것만 소셜 미디어에 올리는 사람이 있습니다. 그렇게 열심히 먹으면 살이 찌는 게 당연한데, 저는 이 친구가 보기 싫다거나 밉다거나 하지 않습니다. 이유는 아주 간단합니다. 그는 다이어트를 하겠다거나, "다이어트해야 하는데……"라는 말을 한 번도 한 적이 없기 때문이죠. 그가 많이 먹는 것은 일상일 뿐입니다. 많이 먹는다고 맛있는 것을 즐긴다고 그가 비난받거나 "살찌겠다" 라는 말을 들을 이유는 없는 것이죠.

아마 고 3 시절을 겪어본 분들이라면 한번쯤은 해보셨을 일이 있습니다. 자신이 가고 싶은 '희망 대학'에 대해서 이야기를 나누는 일이죠. 한 친구가 최상위권 대학 중 한 곳인 H대를 가고

싶다고 했습니다. 당시 그의 성적은 반에서 중하위권. 제가
다니던 고등학교에서는 그 정도 성적이면 지방 사립대를 가는
게 일반적이었기에 상당히 도전적인 목표였습니다.

그런 목표를 갖는 게 잘못된 것은 아니죠. 문제는 그의
태도였습니다. 수업 시간에는 잠만 자고, 밤새 지인과
통화하고, 지방의 학원은 믿을 수 없다며 서울로 두 시간씩
왔다 갔다 하며 학원을 다니는데 실상은 서울에 있는
이성 친구를 보기 위함이고, 추가적으로 공부를 하는 것도
아니었습니다. 여름방학이 되어도 당연히 성적은 제자리였죠.
그런데도 계속 자신은 H대를 갈 거라고 같은 말을 하는
겁니다.

저는 그 말을 계속 듣다 여름방학쯤 크게 화를 냈습니다.
"그 말을 하려거든 노력을 하든가, 아니면 그냥 말을 말든가!"
결국 그 친구는 원하는 대학에 진학하지 못했습니다.

제가 종종 하는 말이 있습니다.
"사람이 목표를 크게 잡는 것은 문제가 아니다. 그리고 그
사람이 현재는 그 목표와 너무 멀리 떨어져 있는 것도 문제가
아니다. 진짜 문제는 그 목표를 이루기 위해서 '어떠한 지향점'
을 가지고 '어떻게 나아가고 있느냐'이다."

또 자주 하는 말 중 하나는 "세상 모든 사람이 슈퍼맨이 될 필요는 없다. 영화에서도 슈퍼맨은 한 명만 등장하는데, 현실에서 모두가 슈퍼맨이 될 수 없는 건 당연하다"입니다. 누구나 대단한 성공과 막대한 부를 이룰 수도 없고 그럴 필요도 없지요.

하지만 적어도 배우가 되고 싶으면 무대에 오르기 위한 노력을 하라는 것이고, 관객의 삶을 선택한 사람을 '꿈이 작다'고 폄하해서도 안 된다는 것 정도는 기억해 두어야 할 것입니다.

그러나 현실은 참 아이러니하게도 누군가가 큰 꿈을 가졌다는 이유만으로, 현재 그 꿈과 멀리 떨어져 있다는 이유만으로 그를 조롱하고 멸시합니다. 저도 어릴 때는 그런 조롱과 멸시를 참 많이 받아본 사람 중 한 명이었죠. 그런데 꾸역꾸역 노력해서 실제 이뤄내거나 극복해 내니, 그런 말이 쏙 들어가더군요.

비난받고 혼나야 할 것은 큰 꿈이 아니라, 그 꿈에 상응하는 노력을 하지 않는 것입니다. 그러다 보니 주변에서 '무엇을 하겠다'고 결심을 하는 사람들을 볼 때, 그 목표가 현실과 동떨어져 있더라도 저는 입을 다무는 게 습관이 되었습니다. 상대에 대해 비난도 격려도 하지 않죠. 다만 그 사람이

꾸준하게 그 목표를 향해 한 걸음씩 한 걸음씩 나아가는 과정을 보며 진심 어린 격려와 응원을 보냅니다. 제가 도울 수 있는 일이 있으면 실제로 돕기 위해 노력하기도 하고요. 그가 그 일을 성공하고 실패하고는 중요하지 않습니다. 그가 얼마나 자신이 말한 꿈에 대해 진실한 마음으로 최선을 다하느냐가 중요하지요.

말하고 이루는 빈도가 점차 늘어나면서 주변의 많은 분들이 저에 대해서 '저 사람은 말하면 이루는 사람'이라고 믿어줍니다. 그리고 '그러니까 말을 신중하게 할 것이다'라고 생각하실 분들도 많겠지만, 실제로는 전혀 그렇지 않습니다. 저는 '울며 달리기'를 잘하는 편입니다. 일단 뱉어놓고, '내가 왜 그런 말을 했지' 후회하면서 목표를 향해 달리지요. 다만, 뱉은 말은 지키려 어떻게든 노력하는 편입니다.

당연히 뱉은 말을 모두 지키기는 어렵습니다. 그나마 제 장점이라면, 목표한 바를 이루기까지 정한 데드라인에 관대하다는 점입니다. 사람들은 자신이 언제까지 무엇을 하겠다고 결심했다가, 그 기한을 지키지 못하면 거기서 그냥 포기하는 경우가 많습니다. 다른 사람들과 함께하는 일이라든가 시험처럼 기한이 정해져 있는 일은 어쩔 수 없겠지만, 기한이 정해져 있는 활동이 아님에도 자신이 정한 기한 안에 이루지 못하면 실패로 간주하고 놓아버리는 거죠.

저는 그 부분에서 발상의 전환을 해냈습니다. 기한을 조금 넘기더라도 '끝내 이루는 것'이 더 중요한 포인트라고 생각하는 것이죠. 그래서 목표한 일들을 하나하나 쌓아나가다 보니 그나마 어느 정도 이룬 게 있는 사람으로 보이고, '말하면 이루는' 사람으로 비치게 된 것입니다. 애당초 타인들은, 어떤 사람이 목표를 달성했는가에만 관심을 갖지, 그가 설정한 데드라인까지 신경 쓰지는 않거든요.

꿈이 크다는 이유로 비난받아서는 안 됩니다. 설령 이루기 힘든 목표를 가졌다 하더라도 말이죠. 그리고 모두가 꿈이 클 필요도 없습니다. 꿈이 크지 않다고 해서 그 사람의 삶이 보잘것없는 게 아니에요. 다만, 큰 꿈을 가졌다면 그에 상응하는 노력을 하고, 무언가를 이루어나가면서 '정한 시간 내에 이루면' 가장 좋지만, 그게 안 되면 그냥 '이루는' 것만으로도 분명 의미가 있다는 점을 기억하세요.

시작하지 않는다 해서 비난받을 이유는 없습니다.
하지만 선언했다면 시작하세요.
그리고 시작했다면 그 목표에 상응하는 노력을 하세요.
시작했다면, 끝장을 보세요.

"다음번에는"보다 "지금"

"아쉽다", "다음번에는" 같은 말은 당장 다가온 기회 앞에
쓸 것이 아니라 "더 해볼래요", "이번에는"이라는 말을 쓰고
시도해 본 이후에 할 수 있는 말이다.

기회는 생각보다 많은 사람에게 비슷한 빈도로 찾아온다.
진짜 성패는 그 기회를 흘려보내느냐, 시도해 보느냐에 따라,
그리고 그러한 경험들이 지속적으로 축적되며 갈리는 것이다.

그래서 설령 그 사람의 현재 시작점이 어디에 있든
"해보겠다"는 사람에게는 무한한 격려를 보낸다.

그가 지금의 마음을 잃지 않고 계속 "해볼래요", "이번에는"을

외치는 이상 그에게 지금은 '이상향'인 일이 언젠가는 '일상'이
될 것임을 알기 때문이다.

"해보겠다"는 것은 관성이다.
한번 실패한다고 해서 쉽사리 사그라들지 않는다.
매번 이 핑계 저 핑계 대며 "다음에는 꼭"이라는 말만 되뇌는
사람과는 마인드가 완전히 다르다.

아직도 "다음에는 꼭"이라는 말을 습관적으로 내뱉고 있는가?
당신 같은 사람에게 올 "다음"은 없다.

에디슨이 전구를 발명했을 때, 기자가 물었습니다.
"2000번 넘게 실패했을 때의 기분이 어땠나요?"

그러자 에디슨은 이렇게 답했습니다.
"실패라니요? 난 한 번도 실패한 적이 없습니다.
단지 전구가 켜지지 않는 2000개의 방법을 발명했을
뿐이죠."

추세적 우상향

삶에서 만들어내는 성과를 하나의 이벤트로 보면, 그 일에서
무언가를 이루어낸 뒤에는 그 일에 전처럼 관심을 가지지
않아 결국 최선을 다하던 시절보다 한참 낮은 수준, 혹은 최초
도전을 시작할 때보다 약간 나은 수준으로 되돌아가게 된다.
삶을 성과를 쌓아가는 과정으로 보면, 무언가를 이루어낸
뒤에도 그 일에 꾸준히 관심을 보여, 단기적으로는 최선을
다하던 시절보다 약간 낮은 수준을 유지하지만 그 약간 낮은
수준이 나의 원래 상태로 변모하게 된다.

최선을 다한 시기보다는 조금 모자라지만, 과거 나와 비교도
할 수 없을 만큼 발전한 상황이 나의 평소가 되는 것.
그 상황에서 다시 한번 같은 일에 최선을 다하면, 당연히

과거에는 닿을 수 있으리라 상상조차 하지 못한 수준에
도달하게 되는 것이다.

나는 이를 추세적 우상향이라고 부른다.
단기적 관점에서는 약간 내려갈 수도 있지만, 흐름을 완전히
잃지 않고 지속적으로 상단을 돌파해 가는 것이다. 결국 추세적
우상향은 인생을 일회성 이벤트의 집합으로 보느냐, 도중도중
일어나는 다채로운 이벤트를 성을 쌓아가는 하나의 벽돌로
보느냐의 관점 차이다.

모든 걸 불사른 이후 다시는 그 일을 쳐다보지도 않는 것보단,
조금씩 천천히 지속 가능할 수 있는 일로 만드는 게 훨씬 낫다.

한 번의 이벤트로 인생이 달라지는 경우는 없다. *한 번에 100
미터를 뛰어오를 수는 없지만 찬찬히 99미터를 쌓아 올린 다음
마지막 1미터를 뛰어오르는 일은 가능하다.*

아주 운이 좋아 한 번에 화제의 인물이 되고, 그 일로 막대한
부를 축적하는 경우도 있지만 그건 집 안에서 갑자기 벼락을
맞을 일보다도 확률적으로 드문 것이다.

그냥 그렇게, 평생 노력은 하기 싫고, 노력도 한 차례로

그쳐버리고, 대부분 성과를 내기도 전에 미완결 상태에서
포기하면서 요행과 우연만 바라다 삶이 끝나는 거지.

위대한 일을 해내는 사람들이 단 한 번의 이벤트로 그 자리에
오르는 경우는 없다. 그가 한 물밑 발길질을 내가 모를 뿐,
그 자리에 오르기 위해 얼마나 무수한 시행착오와 실패를
거듭했는지, 얼마나 지루한 반복을 거듭했는지 당사자가
아니면 함부로 말할 자격이 없다.

설령 우연에 우연이 겹쳐 대단한 부를 거머쥐었다 해도 그건
그의 운일 뿐. 그런데 그조차도 운을 거머쥘 수 있는 근처까지
도달했기에 잡을 수 있었던 것이다.

꼬리가 길면 밟힌다는 말은 보통 나쁜 일을 계속하면
들통난다는 의미로 쓰이지만 나는 조금 다른 관점으로
생각해 보고자 한다. *나에게 큰 기회와 막대한 행운이 언제
올지 모르니, 기회와 운이 지나갈 만한 모든 길목을 지키고
서 있을 보초를 세우는 일이라는 뜻으로.* 꾸준히 지속적으로
노력하면서 나에게 운이 다가오기를 기다린다는 의미로.

한 명의 덩치 큰 보초보다, 작더라도 수만 명의 보초가 기회와
행운을 포착할 확률이 높은 건 어찌 보면 당연한 일 아닐까?

한 번에 엄청난 기회가 다가와 내 인생을 송두리째 좋은
쪽으로 바꾸어놓는 것보다, 작은 기회와 성취가 모여 내 삶을
이루어가는 것이 훨씬 더 가능한 일 아닐까?

"끊임없이 도전하는 사람이 결국 게임의 승자가 된다."

-월스트리트의 전설적인 투자자, 피터 린치

'조직 평균'의 함정을 넘어라

어떤 사람이 자신과 같은 그룹에 속한다는 이유만으로 그가
모든 면에서 자신과 비슷할 것이라고 생각하는 사람들이 상당히
많다. 그런 사람들은 같은 대학 같은 과 동기가 자신보다
훨씬 더 좋은 성적을 받겠다고 하면 가능할 것 같냐고 조롱한다.
또 입사 동기가 회사의 업무 능력 외에 다른 능력도 자신과
비슷한 수준일 것이라고 생각하는 식이다.

특히, 회사에서 요구하는 Skill-set(능력)과 Performance(성과)는
한정적이고 회사는 그 일을 하기 위해 모인 집단일 뿐인데,
업무 역량 이외의 것들도 자신과 별반 다를 바 없을 것이라고
착각한다. 그래서 누군가가 독창적인 결과물을 내놓으면 그다지
대단하게 생각하지 않으면서, 자신과 전혀 상관없는 외부에서

얻은 콘텐츠를 더 신봉하곤 한다.

실제로 이런 일을 자주 겪었는데, 바로 내가 만든 콘텐츠를
외부에서 바라보는 시각과 조직 내부에서 바라보는 시각이 늘
달랐고, 외부의 평가가 내부의 평가보다 높았다.
참 재미있는 일이다. 간단히 말하면 '너는 나랑 같은 조직에
속해 있으니 네 수준도 내 수준이야'라고 생각하는 것. 나와
같은 조직에 있다고 해서 그가 반드시 나와 모든 영역에서
비슷한 역량을 가진 것은 아니다. 타인이 하는 조직 외적인
일은 당신과 완전히 다른 수준으로 뛰어날 수 있음을 알아야
한다.

누군가가 당신과 같은 조직에 속해 있다는 이유만으로 당신의
가능성을 재단하고 있다면 그는 무시해도 좋다. 그리고 직접
보여주면 된다. 그가 나중에 "아니 쟤가 저런 걸 어떻게 했데?"
라고 뒤에서 패배자의 변명이나 읊조리게 만들어주어라.
원래 모자란 사람일수록 자신의 일은 변명하고, 타인의 결심은
조롱하며, 타인의 성취는 폄하하기 바쁜 법이니까.

"네가 그걸 어떻게 해?"라는 말 속에는 "내가 못 하니까 너 역시 못 할 거야"라는 자기 한계의 고백이 담겨 있다.

간단하다.

나는 그가 아니니, 그가 하지 못하더라도 나는 해낼 수 있다는 것을 보여주면 된다.

새로운 열쇠를 쥐어라

예술가 아버지와 문과 출신 어머니 사이에서 태어나, 천성이
'문과 머리'였던 저는 고등학생 때까지만 해도 '노력하면
되지 않을 것이 없다'라는 말을 절대적으로 신봉하는
사람이었습니다. 온몸이 부서져라 도전한다면 성취할 수
있다는 것을 믿었고 그것을 실천에 옮겨 그나마 작은 성취를
맛볼 수 있었죠. 이과 머리라곤 거의 없다시피 한 제가 공대에
진학한 것이 그 일이었습니다.

하지만 대학에 와서 처음으로 수준 높은 벽에 부딪히고 눈물을
뚝뚝 흘렸습니다. 아무리 노력을 해도, 밤을 새워도, 이쪽으로
타고난 사람들을 이기는 것이 너무나 어려웠던 것이죠. 더
정확히 표현하면 거의 불가능에 가까웠습니다. 꿈을 꾸며

원하는 대학, 원하는 과에 진학했지만 이대로는 스스로가
바라는 제 모습이 될 수 없을 것 같았습니다.

다른 일을 찾아야만 했습니다. 평범한 일만 하면서 평생을
살아가고 싶지는 않았기 때문입니다. 주변을 둘러보다
그나마 남보다 조금은 더 말을 잘하고, 글을 잘 쓴다는 것을
깨달았습니다.

공대 내에서 발표를 하거나 글을 쓰면 대부분 상위권 성적을
받았습니다. 분명 공대 내에서 저는 발표 잘하고 글 잘 쓰는
사람임에 틀림없었죠. 하지만 이 사실만으로는 제가 말하기와
글쓰기에 재능이 있다는 사실을 믿을 수 없었습니다.

어떻게 하면 제 능력을 좀 더 객관적으로 검증할 수 있을지
고민했습니다. 학교 내에서 가장 발표를 잘하는 집단이
어디일지, 가장 글을 잘 쓰는 집단이 어디일지 고민했고 저의
결론은 각각 경영대와 인문대 수업을 들어서 좋은 성적을
받으면 어느 정도 증명이 될 거라는 것이었습니다. 다행히도
각 수업에서 준수한 성적을 받았습니다. 나름의 검증을
거치고 나니 이 정도면 사회에 나가서도 어느 정도는 통할 것
같았습니다.

그러나 막상 회사원이 되고 나서 저는 또 저의 부족함을
절실히 깨달을 수밖에 없었습니다. 나름 논리적이고 글 잘 쓰는
사람으로 인정을 받았음에도 저는 그곳에서 햇병아리였습니다.

어떤 곳에서 어느 정도 이상의 경험을 쌓았다고 해서 그것으로
끝이 아닙니다. 다만 한 단계 높은 세계로 이동이 가능한
열쇠를 쥐는 것입니다. 그 열쇠로 문을 열고 들어가면 새롭게
나타나는 세상에서 나는 또다시 꼴찌로 시작하겠지요. 그래도
포기하지 않고 열심히 헤치고 나아가다 보면 또 다른 세계를
열 수 있는 열쇠를 건네받게 됩니다.

스스로 현재에 만족하거나 아무리 노력해도 극복할 수 없는
한계에 부닥쳐 좌절하지 않는 이상 이러한 방식의 삶을 계속
살아나가지 않을까 싶습니다.

저의 변변찮은 성취들도 언젠가는 무럭무럭 자라 저를 빛나는
존재로 만들어주리라 생각합니다. 그렇게 저는 또다시 다음
세계로 건너갈 수 있는 열쇠를 손에 쥘 수 있겠죠.

신기하게도 정말 당시 제가 견뎌낼 수 있을 만큼의 미션만
주어지는 건 어찌 보면 운이 좋아서일지도 모르겠습니다. 너무
큰 미션이 주어져 좌절하기보다, 최선을 다해 노력하면 그로써

성장할 수 있고 더 큰일을 할 수 있게 되니까요.

언제까지 성장할 수 있을지, 어떤 새로운 세계까지 열어볼 수 있을지는 그 누구도 모를 것입니다. 그러나 적어도 한번 쓰러졌다고 해서 그 자리에 주저앉아 있지만은 않을 것이라고 다짐해 봅니다.

이제 또 다른 세계로 여행을 떠날 때입니다.
여러분에게 주어진 열쇠를 쥐고서요.

노력하고 극복하여 성취한다.
내 주변 모두가 나에게 박수를 치는 그 순간이
바로 새로운 일에 또다시 도전해야 할 때이다.

Cold story #2 인간관계

세상 모든 사람이 나를 사랑해 주고, 나를 응원해 준다면 참 좋겠지만 사실 그러기는 힘들죠. 살다 보면 이기적인 사람도 만나고, 불편한 사람도 만나고, 나를 무시하는 사람도 만나기 마련입니다.

무례하고 몰상식한 사람들에게 휘둘릴 필요도 없고, 내가 무너져 내려서도 안 됩니다.
혹은, 내가 혹시 그런 사람은 아닐지 스스로가 당연하게 해왔던 말과 행동을 점검하는 시간으로 생각해도 좋을 것입니다.

멀리해야 할 7가지 유형의 사람

세상에 단점이 없는 사람은 없지만, 그래도 사람은 가려
사귀어야 한다. 혹시 주변에 이런 사람이 있는가? 여러 가지가
동시에 해당되는 사람이 있다면 그와 최대한 멀리하기를
권한다.

그리고 본인이 어떤 사람인지 스스로 돌아보는 계기가 되기를.

1. 부정적인 말을 반복하는 사람
에너지 뱀파이어라고 하는 유형이다. 세상의 모든 힘든 일은
본인이 짊어지고 가는 것처럼 말하는 사람이 있다. 이런 사람은
당신의 긍정적인 에너지를 갉아먹고, 심하면 당신도 그러한
증상에 감염될 수 있다.

2. 약속을 지키지 않는 사람

만일 그가 당신과 한 약속을 중요하게 생각하지 않는다면
그는 당신을 소중하게 생각하지 않는 사람이고, 스스로에게
한 약속을 지키지 않는 사람이라면 자신의 인생을 중요하게
생각하지 않는 사람이다.

3. 폭언하는 사람

그는 자신이 하는 말이 폭언이라는 사실을 잘 모른다. 그런
거친 말과 억양에 익숙해지지 마라. 당신도 어느새 일상 언어로
'폭언'을 하고 있을지 모른다. 폭언은 단순히 욕이 아니다.
수시로 목소리를 높이는 것 역시 폭언이다.

4. 남의 험담을 하는 사람

그는 다른 사람에게로 가서 당신의 험담을 하는 사람이다.

5. 상황에 따라 태도가 달라지는 사람

흔히 강약약강이라고 표현한다. 강한 자에게 반드시 강할
필요는 없지만, 약한 사람에게 특히 더 모질게 굴고 막 대하는
사람은 피하라. 그 사람은 당신이 약해지면 당신을 물어뜯을
사람이다.

6. 예측할 수 없는 사람

하루에도 순식간에 기분이 변하여 맞추기 힘든 사람은 당신을
갉아먹을 것이다. 차라리 일관적으로 나쁜 사람이 나을지
모른다. 물론 두 종류의 사람 모두 멀리해야 한다는 것에는
변함이 없다.

7. 잘못을 사과하지 않는 사람

사람이기에 누구나 잘못을 할 수 있다. 그러나 결코 사과를
하지 않고 늘 자신이 옳다고 고집 부리는 사람과는 그 어떤
융화도 이룰 수 없다.

내가 상대방을 변화시킬 수 있다고 믿거나, 상대방의 행동이 일시적이라고 생각해서는 안 된다. 그 사람에게 그런 행동들이 고착화되기 전까지 만나왔던 수많은 사람과 나는 다르지 않으며, 그들이 해내지 못했듯 나역시 그 부정적인 사람을 바꿀 수 없다.

갉아먹혀 들어가는 인간관계는 과감히 정리할 줄도 알아야 한다.

썩은 귤 하나가 귤 상자 전체를 썩게 만들 수 있기 때문이다.

그리디 알고리즘의 교훈

컴퓨터 공학을 전공하면 듣게 되는 '알고리즘'이라는 수업이
있다. 말 그대로 어떤 프로그램을 짜기 위한 흐름을 공부하는
학문이다.
그중 참으로 희한하게도 매우 철학적인 내용을 담고 있는
학문이 있는데, 바로 '그리디 알고리즘(Greedy Algorithm)'이다.

Greedy는 '이기적인'이라는 뜻이다. 말 그대로 그리디
알고리즘은 어떤 선택지들이 있을 때 늘 '가장 짧은 경로'를
찾아나간다.

그런데 흥미로운 점이 있다.
매 순간 가장 짧은 경로를 택하는 그리디 알고리즘이,

결과적으로는 처음과 끝을 보았을 때 '가장 짧은 경로'가 아닐
수 있다는 것.

생각해 보면 우리의 삶도 다르지 않다. 순간적으로 자신의
이득만을 위해 행동하는 사람이 있다. 자신은 조금도 손해를
보지 않으려고 이기적으로 행동하거나 어떻게든 그 상황에서
자신이 더 이득을 보려는 것이다.

잠깐 다른 사람을 위해 지갑 열기 싫어서 타인에게 계산을
전가하는 사람.
같이 해야 하는 일인데 최대한 남에게 미루고 싶어서 도망
다니는 사람.
내가 조금 귀찮은 게 싫어서 상대방을 훨씬 불편하게 하는
사람.

순간적으로는, 그 상황에서 그 행동이 이득일지 모른다.
순간적으로는, 내 돈을 조금 아낄 수 있을지 모른다.
순간적으로는, 내 몸이 조금 더 편할지도 모른다.

그러나 삶을 길게 놓고 보았을 때, 그는 더 큰 것들을 놓치고
있을지 모르는 일이다.

몇 푼 아끼고 싶어 모른 체했던 것으로,
얌체 짓으로 자신이 일을 조금 적게 함으로써,
나만 편하겠다고 상대방을 괴롭힘으로써,

'사람'을 잃는다.
'마음'을 잃는다.
'기회'를 잃는다.

어쩌면 매 순간 이기적인 선택을 하는 사람이 반드시 행복한
것은 아니다.
가장 건조한 공학이라는 분야에서 배울 수 있는 가장 인간적인
교훈이 아닐까.

지금 당장 돌아가더라도 더 큰 세상을 보고 싶다.
지금 당장 손해 보더라도 더 좋은 인연을 얻고 싶다.

와튼 스쿨의 애덤 그랜트 교수는 저서 《기브 앤 테이크》
에서 세상 사람들을 주는 것이 많은 기버(Giver), 받는 것이
많은 테이커(Taker), 주고받음이 비슷한 매처(Matcher)로
정의했습니다.

그런데 흥미롭게도 기버의 성공 가능성이 테이커나
매처에 결코 뒤떨어지지 않는다고 합니다. 기버들은 당장
손해를 보지만, 장기적으로는 베푼 이상으로 얻는 삶을
살게 된다는 것이 애덤 그랜트 교수의 주장입니다.

우리가 순간의 손해에 너무 예민하지 않아도 되는 이유인
동시에, 누군가에게 받은 도움을 잊지 않는 게 왜 좋은
인간관계를 형성하는 데 도움이 되는지 이해할 수 있게
해주는 결과입니다.

관계에 대한 예의

"나는 원래 그래"라는 말만큼 고집 센 말은 없다. 사람과 사람의 관계는 상대적이다. 아무리 강한 사람도 더 강한 사람 앞에선 약한 사람이 되고, 아무리 예민한 사람도 더 예민한 사람 앞에선 둔한 사람이 된다.

예를 들어, 나는 MBTI에서 늘 ENTJ가 나오는데, 실제로 나는 꽤나 계획적인 J형이다. 그런데 과거 다니던 직장에서 "네가 J가 맞아?"라는 말을 수시로 들었다. 계획적이지 않다는 건데 그럴 만하다. 나는 0.1% 수준의 J인데 그 집단에는 0.01% 수준의 J들만 모여 있었으니까.

그래서 "나는 원래 그래"라는 말은 자신의 단단한 고집을

드러내는 것이다. 아니 조금 더 정확히 말하면 스스로를
전혀 바꾸지 않아도 될 만큼 상대방에게 큰 관심이 없다는
뜻이다. 어차피 사람의 몸도 성격도 스펙트럼이라서 어떤
아웃라이어도 더 심한 아웃라이어를 만나면 자신의 행동에
다른 사람들이 느꼈을 답답함을 그제야 이해하게 된다.

그렇게 상대가 멀어져 버려도 아무렇지 않다면 괜찮다. 그런데
그게 아니라면 상대방에게 있는 그대로의 나를 주장하기 전에
상대방에게 어느 정도는 맞춰줘야 하는 게 옳지 않을까. 어느
정도는 나도 나를 누그러뜨리는 게 관계에 대한 예의니까.

*진심의 마음도 물론 중요하다. 하지만 그 마음을 전달하는
형식 역시 중요하다. 내 방식이 아니라고 그저 꼿꼿하게 군다면
그건 상대방에게 "나는 너를 잃어도 아무렇지 않아"라고 하는
것과 같다.*

그런 식의 태도를 계속 유지하면 당신 주변에는 서너 종류의
사람만 남게 된다. 매우 관대하거나, 혹은 무디거나, 당신에게
별 관심이 없거나, 당신을 이용 가치로만 재단하는 사람.

당신이 원래 그런 만큼 상대도 원래 그렇다. 적어도 상대가
당신에게 소중한 사람이라면 당신도 상대가 쏟는 관심의

일부라도 상대방에게 쏟아야 한다. 그것이 관계에 대한 기본 예의다.

상대는 당신과의 '관계'를 소중히 하는 것이지, 당신 자체가 대접받아야 하는 존재여서 그래주는 게 아니기 때문이다.

"원래 그래"는 무책임한 회피일 뿐이다.
당신은 간절했던 대상과 절실했던 상대 앞에서
"원래 그래"라고 할 수 있는 사람인가?

끝내 멀어진 10가지 유형의 사람

모든 사람과 결이 맞고 잘 지낼 수 있을까. 그렇지만 사람의 촉은 단순한 느낌이 아니라 세월이 만든 빅데이터라는 말이 있는 것처럼 '어, 이상한데?'라는 쎄한 느낌이 드는 사람과는 인연의 끈을 이어가려 해도 끝내 되지 않는 경우가 많았다. 더 정확히 표현하면 거의 100% 수준이었다.

그 당시 사람들을 비난하고 싶은 의도는 전혀 없다. 하지만 적어도 나는 이런 유의 사람들을 마주치자마자 멀리하는 습관을 얻게 되었고 내 인간관계는 훨씬 더 좋은 사람들로 채워지게 되었다.

그 10가지 유형의 사람은 바로 다음과 같다.

1. 호언장담하고 지키지 않는 사람

대학생 때 일이다. 처음 만난 녀석이 대뜸 여자 친구가 있냐고
물어왔다. 만나는 사람이 없다고 하자 그는 내가 요청한 적도
없는데, "그럼 내가 우리 어여쁜 미대 친구들하고 소개팅시켜
줘야겠군!"이라고 했다.

숫기 없던 공대생인 나는 그 말에 환한 미소를 지었다. 그렇게
기분 좋은 술자리가 끝나고 몇 주가 지나도 딱히 연락이 없는
그에게 혹시나 하는 마음에 연락을 해봤다.

"혹시 그때 말했던 소개팅, 알아봤어?"

내 질문에 당황한 듯 그가 대답했다.

"어?! 어!! 그거!! 음. 내가 알아볼게!"

뭔가 이상한 낌새를 채고 더 이상 소개팅 이야기를 꺼내지
않았다. 그 역시 나에게 먼저 연락해 온 적은 없었다.

내가 모자라고 별로여서 아무도 소개팅시켜 줄 수 없었는데
기분 삼아 던진 말에 내가 너무 예민하게 반응했는지도 모른다.
그런데 몇 년이 지나 지인으로부터 들은 이야기는 딱히 그런
이유가 전부는 아니라는 사실을 일깨워 줬다.

"걔한테 말로만 소개팅받은 사람이 백 명도 넘을걸? 걔 그냥
뭘 얻는지도 모르는데 맨날 그래."

순간의 생색을 내면서 우월감을 얻고 싶었던 걸까? 여전히

그의 행동이 이해가 가지 않지만 이후로 나는 호언장담하고
지키지 않는 사람을 잘 믿지 않게 되었다.

이런 사람들의 특징은 상대방이 요구한 적도 없는데 본인이
먼저 과시성으로 호의를 베푼다는 점이다.

2. 맨날 뭔가를 한다고 하는데 성과는 없는 사람
"B랑 연락하지 마. 사기꾼이니까."
얼마 전 꽤 가까운 지인이 연락을 해왔다. B는 그냥 지인으로
알고 지내도 비즈니스 파트너로 두어도 이롭기는커녕
해로움만 주는 사람이라고 했다. 그도 그럴 것이, 언제나
용두사미인 인간이었기 때문이다.

온갖 사업을 하겠다고 말은 거창하게 떠벌리는데, 만들어낸
성과는 하나도 없다. 그래, 돈을 못 벌 수는 있다. 사업을
론칭했는데 매출이 없을 수도 있다. 그런 단계를 말하는 게
아니다. 말로만 사업을 한다. 그래놓고 진짜 하는 '일'이라곤,
'사업 계획서 작성법' 강의가 고작이다. 스펙을 쌓기 위해 가짜
창업을 하는 경우가 흔하다던데 그 영역의 선구자라고 할 수
있을 듯하다.

사람이 어떻게 말한 걸 모두 지키고, 말한 대로 다 성과를

내겠는가. 그러나 언제나 성과가 없다면 그것은 분명
잘못이다. 그가 아무에게도 피해를 주지 않으면 허풍쟁이이고,
누군가에게 피해를 주면 사기꾼이다.

3. 비겁한 사람

앞서 얘기한 B는 자기가 어떤 영역의 전문가라고 포지셔닝을
하고 자신이 관련 업계를 선도하겠다며 또 사업을 론칭했다.
여기까진 허언에 가까우니 그러려니 할 수 있다. 문제는 자기의
전문 지식이라며 다른 스타트업을 공격했다는 것이다. 나름
팔로워도 많던 사람이 부정적 의견을 개진했으니 퍼져나가는
속도가 엄청났다. 결국 타 스타트업 대표는 이 글에 반박을
하며 싸우기 시작했다. 여기까진 그럴 수 있다고 하자. 정말
폭로일 수도 있으니까. 그런데 그다음 두 가지 그의 행동은
나를 경악하게 만들었다.

"아니 저한테 왜 그러세요. 저 같은 일반인한테."
그 분야 전문가라고 사업체를 론칭했다는 사람이 일반인인
척하는 말을 하는 걸 보고 나는 분노를 금할 수 없었다. 자신의
말이 상대방의 사업체에 어떤 타격을 줄지 사리분별할 능력도
없으면서 공격을 받으니 일반인이라며 억울하다고?

그런 행동은 잘못된 것 같다고 그에게 의견을 구하니 대뜸 내

글을 삭제하고 댓글이 아닌 메신저로 연락이 온다. 의견은 잘 알았고 자기 담벼락이니 삭제하겠단다. 나는 그날부로 그를 내 인생에서 완전히 지웠다.

4. 남의 험담을 하는 사람

나와 절친이었던 한 친구는 반에서 누구는 맘에 들고 누구는 맘에 안 든다고 계속 험담을 했다. 그의 입에 오르는 사람들이 내 맘에 들던 것도 아니었기에 그냥 그러려니 했다. 그런데 어느 순간 다른 사람들과 연합해서 나를 욕하고 따돌리고 있었다. 내가 당시 얼마나 인성이 별로였는지는 모르겠지만 적어도 그들이 나를 집단으로 따돌릴 만큼 잘못했을 리 없다고 생각한다. 그는 그냥 적당히 함께 욕할 사람들을 찾고 있었던 거다. 그는 잘 살고 있을까? 아마도 주변 사람들을 여전히 욕하며 살고 있지는 않을까?

5. 일상에 조롱이 섞인 사람

타인이 최선을 다하는 일에 별로다, 그게 되겠냐 빈정대는 사람. 별로 가깝지 않은 사이임에도 과한 말을 던져놓고 그저 농담이라고 치부하는 사람. 이런 사람은 언제 만나도 별로다. 일상에서 건네는 말투에 "겨우 네가?"가 묻어나는 사람은 오래갈 필요도 없이 지워버리는 게 정답이다.

6. 잘못에 사과하지 않는 사람

물론 사람마다 '불쾌함'의 정도는 차이가 있다. 그러나 그
불쾌함을 상대가 느꼈다면 내 의도가 무엇이든 중요하지
않다. 상대방과 관계를 회복하고 싶다면 응당 사과를 하는
게 맞는다고 본다. 그런데 자신의 잘못에 대해 끝내 굽히지
않거나 변명으로 일관하는 사람은 굳이 오래 품고 갈 필요가
없다. 평소에는 좋은 사람일지라도 사사건건 부딪히는 사람은
결코 나에게 좋은 사람이 아니다. 버리는 게 차라리 속 편하다.

7. 매사에 게으른 사람

사람이라면 누구나 한두 분야에는 게으를 수 있다. 그러나
정말 모든 분야, 즉 신체적 활동, 정신적 활동, 수양적 활동,
생계의 활동에서 모두 게으른 사람은 옆에 두었을 때 전혀
도움이 되지 않는다. 오히려 그 게으른 에너지가 전이되어
나조차도 나태해질 수 있다. 세상에서 가장 열심히 살라는 게
아니다. 그러나 게으르며 요행만 바라는 사람, 매사에 귀찮음이
섞여 있고 징징대는 사람은 곁에 둘 필요가 없다.

8. 언제나 탓하는 사람

매사 안 되는 원인을 주변 사람과 환경 탓으로 돌리는 사람은
걸러야 한다. 이런 사람은 갈등 상황이 와도, 일이 안 풀려도
자신 외의 다른 사람에게서만 이유를 찾으려 한다. 그 화살은

언제든 나를 향할 수 있다. 이런 사람과는 마주치지 않는 게 상책이며 인간관계에서 지울 수 있다면 지워버리는 게 좋다.

9. 혐오의 대상이 지나치게 많은 사람

사방에 혐오의 대상이 도사리는 사람 역시 피하는 게 좋다. 인간이라면 기본적으로 혐오할 만한 것들을 혐오하지 말라는 게 아니다. 타인의 작은 행동에도 관용 없이 '극혐'이라는 말을 남발하는 사람은 누군가를 기본적으로 얕잡아보는 태도가 몸에 밴 사람이다. 동시에 언제 나를 향해 같은 말을 내뱉을지 모르는 사람이다.

10. 필요할 때만 찾는 사람

필요할 때만 찾는 사람 역시 인생에서 지워도 좋다. 왜냐하면, 산술적으로 보아도 상대는 나에게 얻어만 가는데 내가 도움이 필요할 때 상대방은 거들떠보지도 않을 가능성이 크기 때문이다. 도움을 청할 때는 그렇게 낮추던 사람이, 내가 작은 호의라도 베풀어주길 바라면 아예 고개를 돌리고 모른 척한다. 처음에는 내가 쌓은 정성이 부족해서 그런 게 아닐까 생각해 봤는데, 그렇지도 않은 경우가 대부분이었다. 아무리 노력해도 밑 빠진 독에 물 붓기라는 사실을 깨달은 이후 이런 사람들은 멀리하기 시작했다. 주변 사람조차 챙기지 않고 자기 자신만 빛나길 바라는 사람 역시 마찬가지다. 언제나 모든 사람에게

등가 교환을 하라는 건 아니다. 그러나 적어도 말로 받았으면
되로는 갚을 수 있어야 진정한 인간관계 아닐까?

이런 글을 쓰는 이유는 누군가를 비난하기 위함이 아니다.
이런 글을 기록으로 남겨두어, 다시 보게 될 때마다 나 자신이
이런 사항에 해당하지는 않는지 끊임없이 성찰하기 위해서다.

쎄함. 그건 괜히 오는 감정이 아닐 때가 많다.
이 글이 모두에게 통하는 절대적인 가치는 아닐 것이다. 하지만
자신만의 '쎄한 유형'을 정리해 보고 그런 사람이 나타날 때
다소 빠르게 인간관계를 정리하기를 강력하게 추천한다.
당신의 에너지는 소중하고 더 소중한 사람에게 긍정적으로
활용하기에도 한정적이기 때문이다.

붙잡고 있어도 결국 멀어질 사람, 일찍 놓아도
상관없어요.
'혹시나' 하는 감정은 대부분 '역시나'로 바뀌기
마련입니다.

나의 슬픔과 기쁨으로 진짜 내 편을 찾는 법

내가 어떤 일을 겪을 때 주변의 반응으로 이 사람이 내 편인지
아닌지를 알 수 있다. 감정을 단순화하여 기쁠 때와 슬플 때로
나누어보자. 다양한 감정이 있지만 이 두 감정에 대한 상대의
반응이면 내 사람을 가리기 충분하다.

1. 슬플 때 나를 공격하거나 조롱하는 사람 – 불구대천의 원수
하늘 아래 같이 숨을 쉬지 말아야 할 부류다. 법치주의 국가에
사는 우리이기에 상대를 멸족할 수는 없겠지만, 인간관계는
절대 유지할 이유가 없는 사람이다.

2. 슬플 때 미적지근한 반응을 보이는 사람 – 걸러라
어차피 도움 될 관계는 아니다.

슬플 때조차 성의를 보이지 않는 사람이라면 그 사람은 당신과
딱히 관계를 유지할 마음이 없는 것이다.

3. 슬플 때 성의를 보이는 사람 – 얕고 넓은 인간관계를 위해 유지하라

성의를 보인다면 넓게 가져가는 인간관계의 관점에서
유지하는 게 좋다. 누구나 더 깊고 더 얕은 관계는 존재하기
마련이다. 모두가 내 남편이고 내 아내일 수는 없지만, 당신의
슬픔을 챙기는 사람이라면 우선 당신 편이다.

4. 기쁠 때 뒤에서 구시렁대는 사람 – 의외로 많다

앞에서 말로는 축하한다고 해놓고 뒤에서 시기, 질투하는
사람이 의외로 많다. 이런 부류가 1번과 2번과 겹치면 그냥
버리면 된다. 당신의 삶에 하등 도움이 안 되는 존재다.

5. 기쁠 때 미적지근한 사람 – 말로만 축하하고, 거의 성의를 보이지 않는 존재들

그나마 이 사람이 3번에서 성의를 보였다면 그 관계는
유지하는 게 정답이다. 마찬가지로 얕은 인간관계도 삶에서
필요할 수 있다. 다만, 5번인 동시에 1번이나 2번이라면 역시
버려도 된다.

6. 기쁠 때 진심으로 축하해 주는 사람 – 당신의 사람
이 사람은 슬플 때 당연히 3번의 반응을 보인다. 아마도 꽤나
격한 수준으로 반응하리라 생각한다. 3번과 6번이 겹치는
사람이라면 그 사람은 무조건 당신 편이라고 생각하면 된다.
사람이 어느 정도 양심이 있는 한, 다른 사람의 슬픔을
조롱하고 비웃거나 공격하지는 않는다. *그러나 기쁠 때*
진심으로 상대를 축하하는 건 정말 어려운 일이다. 따라서 슬플
때 어느 정도 성의를 보이는 사람인 동시에 기쁨에도 진심으로
축하하는 사람이라면 반드시 그 사람에게 잘해라. 그 사람은
진심으로 마음 깊이 당신을 아끼고 있기 때문이다.

추가적으로 이 방법을 다른 식으로 활용할 수도 있다.
당신이 끊어버리고 싶은 인간관계가 있다면, 상대방의 슬픈
일에 아무 반응도 보이지 마라. 자연스레 그 사람과 멀어질
것이다. 당신은 이미 소극적 의사 표시를 한 셈이고, 상대방이
지금까지 당신을 어떻게 생각해 왔든 관계없이 '뭐야, 이런
일에도 성의를 안 보여?'라고 생각할 가능성이 급격히
높아지기 때문이다.

소중한 사람은 꼭꼭 챙기며 살자. 생각보다 '진짜 내 편'은 그리
많지 않다.

심리학자 마이클 아가일과 모니카 헨더슨은 가까운
사회적 관계를 유지하는 데 어떤 규칙이 중요한지를
연구했고, 다음과 같은 해답을 얻었다고 합니다. 우리도
적용해 보면 어떨까요?

• 성공 소식을 공유한다.
• 정서적으로 지지한다.
• 상대가 도움이 필요할 때 자발적으로 나서서 돕는다.
• 함께 있을 때 상대를 즐겁게 해주려 노력한다.
• 상대를 믿는다.
• 상대가 없을 때 상대를 변호해 준다.

-Argyle & Henderson, 1984년 연구 내용에서 발췌

모두를 위해 때로는 '나쁜 사람'이 되어라

주변에서 "착하다"는 말을 듣는 사람들이 있다. 남들을 살뜰히
챙기고 많이 도와주는 사람.
곁에 이런 사람이 있으면 사람들은 편안함을 느낀다. 많이
도와주고 챙겨주니까.
그런데 사실 이런 사람들은 정말 착할 수도 있지만 대부분은
'착하다'는 평가를 듣고 싶어 하는 사람들이다.

이런 사람들은 자신 스스로 누군가를 챙겨주는 일을 '기쁘게'
하는 것이 아니라 강박적으로, 또는 의무감으로 하고 있을
가능성이 매우 크다. 이것은 스스로의 마음 건강을 위해서도
결코 좋은 일이 아니다. 주변으로부터 '착하다'는 평가를 받기
위해 자신이 실제 감당할 수 있는 수준 이상으로 에너지를

쓰고 스스로는 그로써 힘들어지기 때문이다.

이러한 호의를 당연하게 생각하는 이기적인 사람에게까지
'착하다'는 이야기를 듣고 싶어 하는 그는 에너지를 계속
낭비하고, 상대방은 과한 요구를 하게 된다. 이런 상하 관계가
형성되어 버리면 상대방에게 '그럴 수 없다'고 문제 제기를
하는 것조차 어려워진다.
그러나 이는 어쩌면 호의를 당연하게 생각하는 사람의
문제이기 이전에, 스스로가 착하다는 평가를 받기 위해 과하게
행동한 것은 아닌지 점검해 보아야 한다.

*호의나 친절은 스스로가 감내할 수 있을 수준까지만
베풀어야 한다.* 자신의 할 일을 못 하면서, 자신의 앞가림도
못 하면서까지 타인을 챙기는 것은 결국 스스로를 갉아먹는
일이다.

친구 만나는 게 좋다고 경제적으로 어려운데도 마구 술이나
밥을 사는 사람.
상대방이 요청하지 않았는데도 과한 친절을 베푸는 사람.
이런 사람들은 스스로 돌아볼 필요가 있다. 내가 이 친절을
베푸는 행위를 스스로 감내할 수 있는지를 말이다.

소위 '착한 사람'은 스스로도 문제지만, 사실 '나는 착해야 해'
라는 마인드야말로 다른 사람과의 관계에서 특히 '힘들지만
할 말은 해야 할 때' 더욱 안 좋은 성향으로 발현된다. 이런
사람들은 어떠한 일에 단호해야 함에도 그렇게 하지를 못한다.

"어떻게 그럴 수 있어?"
"너 나쁜 사람이구나."

이런 말을 듣는 것을 절대 참지 못하기 때문이다. 그러나
이것은 상호, 그리고 집단의 이익을 생각할 때 최악의 결과를
낳는 행동이라는 것을 알아야 한다.
당신이 해야 할 말을 못 하고 있다면 당신이 착한 게 아니라
'착한 사람 콤플렉스'에 걸려 있음을 알아야 한다.
이런 사람들은 어떻게든 상대방이 잘못을 자신의 탓으로
돌리게 만든다. 상대방이 복장이 터져 "그래, 내가 나쁜
놈이지"라는 말을 해야만 슬그머니 물러난다.

착한 사람 콤플렉스가 심한 사람은 일단 자기 귀에만 들리지
않으면 주변에서 무어라 하든 신경 쓰지 않는다. 어쩌면 가장
이기적인 짓이기도 하다. 꿩이 사냥꾼에게 쫓길 때 머리만
풀숲에 박아놓고 몸통은 훤히 드러낸 상태에서 자기가 안
보일 거라고 생각하는 것과 다를 바 없다. 그래서 이런 사람은

단호해야 할 때 단호하게 하지 못한다. 그러나 단호하지
못함으로써 받는 피해는 모든 사람에게 균등 배분된다. 결국
'나 하나 욕먹기 싫어서' 벌인 일이 상대방과 집단 전체에
악영향을 주는 것이다.

관심 없는 카드 영업 전화나 보험 권유 전화는 "저는 관심
없습니다. 죄송합니다"라고 예의 바르게 말하고 끊는 것이
좋다. 보험에 가입할 것도 아니면서, 휴대폰을 교체할 것도
아니면서 '관심 없다'는 말을 꺼내지 못해 지지부진 시간을
끌다 결국 못 하겠다고 말하면 텔레마케터도 시간 낭비를 한
것이고 자기 자신도 괜한 시간을 허투루 쓴 것이다.

관계의 단절을 고할 때도 그렇다. 자기가 나쁜 사람이 되기
싫은 사람은 온갖 핑계를 댄다. 결국 "나는 당신이 맘에 들지
않아요", "우리는 더 만나도 진전이 없을 것 같아요"라는
이야기를 하고 싶지만 어떻게든 상대방이 그 이야기를 먼저
꺼내야 안심이 된다. 왜? 그 말을 자신이 먼저 꺼내면 자기가
나쁜 사람이 되는 거니까.

개인 대 개인은 그나마 낫다. 그런데 개인 대 단체의 경우, 일과
관련된 경우는 더 골치가 아프다.
감당할 수 없는 수준의 일을 거절하지 못해 받아놓고는

끌어안고 시간만 질질 끌다 결국 일에 이슈가 생겨서야
강제적으로 오픈이 된다. 애당초 못 하겠다고 잘라내야 했을
일을 질질 끌다 조직 전체에 피해를 끼치는 것이다. 꿩처럼
머리를 풀숲에 박고 있다고 문제가 해결되는 것은 아니다.

하기 어려운 말을 꺼내야 할 때가 있다. 그 말을 꺼내는 것
자체는 용기를 필요로 한다. 하지만 조금 힘든 말을 지금
당당하게 한다면 당신은 더 먼 관점에서 더 큰 신뢰를 얻게
된다.
착하다는 소리를 듣고 싶은 당신, 그냥 솔직히 인정하자.
당신은 진짜 착한 게 아니라 주변의 인정 욕구에 메말라
있다는 것을 말이다.

이른바 할 말 하는 사람을 '나쁘다'고 포장하곤 한다.
하지만 나는 그렇게 할 말 하는 것이 '나쁜' 행동이라면, 차라리
때로는 '나쁜 사람'이 되기를 권한다.
당신이 순간 용기를 내어 나쁜 사람이 됨으로써 당신과 다른
사람 그리고 나아가 조직까지 오히려 더 건강해질 수 있기
때문이다.

진실은 반듯한 길, 거짓은 구부러진 길이라
진실한 사람의 길은 늘 탄탄대로지만, 거짓을 일삼는
사람의 길은 미로가 된다.

'꼰대'가 되지 않기 위한 7가지 원칙

'꼰대'라는 말은 이제 누구나 쓰는 일상용어이다. 심지어 '젊꼰
(젊은 꼰대)' 같은 파생어까지 나왔다. 꼰대냐 아니냐를 가르는
기준은 나이가 아니라 사고의 경직성과 무례함이다. 자신은
모르지만 남들은 당신을 꼰대로 생각하고 있을지도 모른다.
문제는 조언과 꼰대질은 백지 한 장 차이라는 것. 나이가 많든
적든 누구나 꼰대가 될 수 있고 누구나 멋진 조언자로 남을
수 있다. 이런 글을 적는 것 자체가 이미 꼰대짓일지 모르지만
당신이 꼰대가 되지 않기 위한 7가지 원칙을 적어본다.

1. 상대가 요청하지 않으면 조언하지 않는다

이 원칙만 지켜도 사실상 꼰대라는 말을 들을 가능성은
현저히 줄어든다. 많은 꼰대질의 시작은 상대방이 물어보지도

않았는데 "야, 그건 말이야"라고 시작하는 것이기 때문이다.
상대방이 고민하는 소리를 바로 옆에서 들었더라도 조언하지
마라. 너무 입이 근질거린다면 곧바로 본론에 들어가지 말고
"혹시 내가 도와줄 수 있을까?"라고 시작하면 자연스러울 수
있다. 상대가 원치 않는 스킨십은 추행이지만, 원해서 하는
스킨십은 로맨스이지 않나.

2. 과거의 자신과 현재의 상대방을 비교하지 않는다
"우리 때는 낭만도 있었고 도전도 있었는데 요즘 애들은
패기가 없어"라는 말은 제발 그만하라. 지금 젊은 세대들이
당신보다 절대적으로 능력치가 떨어져서 매일 도서관에
들락거리고도 취직 때문에 힘들어하는 게 아니다. 나 때도
취업이 만만치 않았지만, 나와 서너 살 차이 나는 세대는 더
힘들었고, 나와 열 살 차이 나는 세대는 그보다도 훨씬 더
힘들다. 그리고 아직도 취업은 계속 어렵기만 하다. 당신이 운
좋게 고성장 시대에 태어나서 무얼 하더라도 얻어 걸릴 확률이
컸을 뿐이다. 그런 말을 하는 당신이 지금 시대에 태어났으면
데모나 하고 기타 치고 놀다가 취업이 되었을 것 같은가? 현재
청년들이 힘들다는 것을 인정하라. 그리고 그 안에서 따뜻한
조언을 시작하라. 그러면 누구도 당신을 꼰대라고 생각하지
않을 것이다.

3. 어떤 일을 처음 하고 있는 사람과 자신의 지금을 비교하지 않는다

당연히 모든 것이 익숙해져 있는 당신에게는 초심자가 하는
일이 맘에 들지 않을 수밖에 없다. 그러나 그걸 곧바로
"그것도 못 해? 나 때는 처음부터 날아다녔어"라고 하지 마라.
가슴에 손을 얹고 생각해 보라. 진짜 날아다녔나? 그랬으면
왜 겨우 현재 위치에 있을까? 훨씬 더 잘나갔어야 하는 게
아닐까? 지금 익숙해진 그 일을 하기 위해 당신이 들인 시간을
대략적으로 생각하라. 그에 맞춰 차근차근 가이드라인을
제공하는 것이 훨씬 더 제대로 된 멘토가 되는 길이다.

4. 지시어를 삼가고 권유어를 사용한다

"○○해"는 길이 하나밖에 없을 때나 사용할 수 있는 말이다.
그러나 세상 일이 그렇게 단 하나의 길밖에 없던가? 따라서
대부분의 경우 "○○하라"는 말은 위험 요소를 동반하기
마련이다. 또한, 그런 단정적인 지시를 좋아하는 사람은 세상
어디에도 없을 것이다. 그렇다고 무작정 직장에서 "○○해 주지
않겠니?"라고 말할 수도 없는 법. 이럴 때는 "○○하게 하면
좋지 않을까?", "이런 방법이 좋을 거 같아. 어떻게 생각해?"와
같이 말하는 것이다.
상대방은 당신의 아바타가 아니다. 엄연히 인격과 고유한
생각을 가진 존재다. 설령 당신이 그보다 훨씬 월등한 능력의

소유자라 할지라도, 당신이 무작정 지시 조로 말하는 순간
당신은 당신의 뛰어난 능력과는 사뭇 다른 바닥 수준의 인격을
드러내고 만 것이다.

5. '불행 경쟁형' 위로를 하지 않는다

"겨우 그런 것 가지고 그래? 그보다 힘든 사람이 얼마나
많은데."
지구에서 우주에서 가장 힘들어야 힘들다고 티 낼 수 있는가?
죽을병에 걸린 사람도 아프고, 손가락에 티눈이 난 사람도
아프다. 상대방의 아픔이 다른 사람의 아픔보다 작다는 식으로
말하려 들지 마라. 공감은커녕 반감만 살 뿐이다.

6. 나이로 구분하지 말고 능력으로 구분하라

후배들과 종종 고깃집을 가게 되는데, 나는 고기를 '맛있게'
먹으러 온 것이지 후배한테 '대접받으려고' 온 것이 아니기
때문에 주로 내가 직접 고기를 굽는다. 혹은 점원이 구워주는
곳으로 간다. 모든 일은 나이가 어린 사람이 하는 것이 아니라
가장 잘하는 사람이 하는 것이 전체를 위해 가장 이득이 되는
행동임을 명심하자.

7. 조언을 하고 그 뒤는 잊어라

가장 중요한 포인트다. 조언을 해주고 나면 그것으로 그냥

잊어야 한다. 컨설팅을 받은 기업이 그대로 수행할 것인지는
해당 기업이 결정하듯, 조언을 했다 하더라도 그 사항들을
행동으로 옮길 것인지 말 것인지는 조언을 들은 사람이
결정하는 것이다. 왜 자기 말대로 하지 않았냐고 서운해하는
순간 꼰대질이 시작된다. 설령 그 조언이 절대적으로 옳았다
하더라도 따르지 않은 사람을 나무랄 권한은 없다. 당신도 그
사람이 옥이 아닌 석임을 알았으니 더 이상 그 사람에게는
조언해 주지 않아도 된다는 귀중한 교훈을 얻은 것이 아닌가?

청년 시절에, 혹은 유년 시절에 여러분을 반감 사게
만들었던 선배의 행동을 그대로 하고 있다면, 당신 역시
시대에 표류하는 평범한 사람과 별반 다를 바 없다.

그런 평범한 사람이 얼마나 대단한 조언을 할 수
있을까?

나이가 들수록 입은 닫고 지갑은 열자.

Cold story #3 사랑

사랑에 어떻게 차가운 이야기가 있을 수 있을까요. 그렇게
생각하시는 분들도 있을 겁니다. 하지만 만나고 함께
행복해하고 끝내 멀어지는 과정 역시 사랑하기 때문에
벌어지는 일들입니다.

사랑했기에 때로는 더욱 아프기도 합니다. 아프다는 것은
정말로 진심을 다해 사랑했다는 이야기도 되겠지요.

행복한 순간만이 아닌, 사랑을 시작하고 마무리하는 모든
과정을 사랑해 보는 연습을 해보면 어떨까요.

人戀이 만드는 因緣

'싸이월드'가 한창 유행하던 시절에 제가 꽤 오랜 기간
미니홈피 제목으로 써놓았던 글귀입니다.

말 그대로 사람 '인' 사모할 '연' 그리고 일반적으로 인연이라고
할 때 사용하는 인할 '인' 인연 '연' 자를 차용한 문장인데요,
이는 대부분의 상황에서 운명보다는 사람의 노력을 중시하는
저의 개인적 성향을 '인연'에도 적용한 것이라 할 수 있습니다.

많은 사람이 '운명'이라는 말을 믿고 싶어 합니다. 심지어 신을
믿지 않는 무신론자마저도, 사람 사이의 인연에서는
'운명'이라는 것을 믿고 싶어 합니다.

정말 누군가와의 사이를 점지해 주는 존재가 있다면, 그리고
영원히 사랑할 수 있는 것이라면 세상이 얼마나 편하고
아름다울까요?

그렇다면 세상에 이렇게 많은 사람이 만남과 헤어짐을
반복하지는 않을 테니 말이죠. 그러나 그런 것 같지는
않습니다. 세상 모든 일의 성사 또는 성공에는 운과 노력이
반드시 작용합니다. 운이 좋다고 해서 무언가를 이루어낼 수
있는 것도 아니고, 노력한다고 해서 어떤 일이 반드시 성사되는
것도 아니죠.

인연도 마찬가지입니다.
비단 남녀 간의 인연이 아니라 하더라도, 인연의 성사, 즉
인연을 만들고 유지하기 위해서는 운과 노력이 함께 작용해야
합니다. 운은 그 사람들을 만나게 해주는 '타이밍'이고 노력은
좋은 관계를 유지하기 위해 필요한 요소지요.

다른 일들과 달리 이 노력은 양쪽 모두가 해야 합니다. 한
사람의 일방적인 노력만으로는 그 관계가 결코 오래갈 수
없습니다.

정해져 있지 않기 때문에 지금 곁에 있는 사람에게 최선을

다해야 합니다.
상대방의 환심을 사서 원하는 것을 얻어내겠다는 교활함을
버리고 진심으로 마주 서야 하죠.

무엇보다 신의를 지키고 성실해야 하는 이름, 그것이 바로
'인연'입니다.

또한, 설령 관계가 어긋났다 하더라도 상대를 미워하지 말고
행복을 빌어주는 것이 맞습니다.

시시한 운명이 인연을 만드는 것이 아니라, '人戀'이 진짜
인연을 만들고, 유지하고, 어긋난 뒤에도 아름다운 추억으로
만들어주는 것입니다.

예전에도 지금도 저는 운명 같은 인연(因緣)보다 사람이 사람을
좋아하는 인연(人戀)을 믿습니다.

그리고 앞으로도 내 곁의 모든 소중한 이에게 마음으로 최선을
다하고 싶습니다.

"당신의 인연은 소중합니다. 그 인연이 운명이든,
당신의 의지로 이루어졌든 말이죠."

복기

복기.
보통 바둑에서 쓰는 이 용어는, 경기가 끝나고 나서 지나간
수에 대해 의도를 파악하는 행위이다.

왜 그 자리에 그 돌을 놓았는지, 그 돌을 통해 어떤 다음 수를
생각했는지, 그 돌에 대해 상대방은 어떤 반응을 보일 것인지
짐작하고 되새기는 작업이다.

알파고와의 대전에서 이세돌 9단은 승부가 끝나자마자 심지어
이겼을 때조차도 '본능적으로' 복기를 시도했다.

그러나 이내 상대는 아무런 말도 해줄 수 없다는 것을 깨닫고

괴로워하다, 동료들의 도움을 받아 '어림짐작하여' 복기를
진행했다.

그러기를 반복한 끝에, 끝내 소중한 1승을 거둘 수 있었다.

어떠한 일을 반추하고 곱씹는 일은,
보통 지나간 일이 아쉽거나 후회로 남을 때 많이 하는
행동이다.

'그 당시 상대방의 마음은 어땠기에 그런 행동을 한 것일까.'
'그 당시 내가 이렇게 행동했다면 결과가 달라졌을까.'

당신이 이러한 '복기'를 시도하는 동안, 대부분은 알파고처럼
아무런 대답을 해줄 수 없다. 대부분은 이미 그 사람이 내 곁을
떠났기 때문에.

그래서 우리는 보통 친구나 지인과 함께 그 관계를 '복기'하며
아쉬웠던 일, 후회되는 일, 그리고 차마 의도를 알지 못한 그
사람의 행동을 어림짐작할 뿐이다.

안타깝게도 바둑에서 복기로 그 결과를 뒤집지 못하듯, 우리가
살면서 하는 복기도 그 결과가 뒤집히는 경우는 거의 없다.

다만, 당신은 그러한 복기로 무언가를 깨달을 수 있고, 만에
하나 같은 사람과 다음 기회가 주어진다면 당신이 복기한
이력을 하나하나 잘 생각하여, 새로 펼쳐질 상황을 당신이
원하는 대로 이끌어나갈 수 있다.

당신의 복기 자체가 방금 일어난 일을 곧바로 뒤집지 못한다
해도, 당신이 한 그 고민은 분명 가치가 있다.

당신의 복기와 당신의 삶을 응원한다.

관계를 맺는 일만큼 관계를 잘 정리하는 것도
중요합니다.
그리고 그 관계로부터 무언가를 배우는 일은 더욱
중요합니다.

감정과 관계에 대한 4가지 이야기

1. '잘 맞는다'는 말은 당신과 모든 것이 똑같다는 것을 의미하지 않는다.
   이미 시작부터 당신과 그 사람은 성별조차 다르지 않나.

2. '익숙'하다는 감정을 가볍게 여기지 마라. '소중함'이 오랜 시간 빚어져야 비로소 만들어지는 감정이다.

3. 상대방의 호의를 당연하게 여기지 마라. 상대방에게 똑같은 비중으로 갚아야 한다는 것은 아니지만, 적어도 그런 호의를 받고 고마워할 줄 알아야 한다. 호의를 베풀지 않았다고 불만을 가지는 것이 당연하다고 착각해선 안 된다.

4. 소중해서 상대방의 곁에 머무르고 싶어 하지만, 힘든 순간
   곁에 머물러주기 때문에 더 소중해지기도 한다.

관계는 약하거나 강한 결합입니다.
아무리 친밀한 관계도 하나가 아닌 둘 그 이상으로
존재하게 됩니다.
어딘가는 연결고리가 있고, 언제든 끊어질 수 있다는
이야기지요.

현명한 사람은 상대방과의 관계를 당연하게 여기지
않습니다.
그렇기에 곁에 있는 사람에게 최선을 다합니다.

내가 배운, 인연에 대한 10가지 교훈

1. 진심을 다했는데 이루어지지 않았다고 자책하거나 상대를
   원망하지 마라. 너 역시도 꽤나 여러 번, 진심이던 사람들을
   내팽개친 적이 있을 것이다.

2. '그래도 이 정도면 나쁘진 않잖아' 하는 사람과 관계를
   형성하려 하지 마라. 모든 게 완벽한 사람은 없지만 나와 잘
   맞는 사람은 반드시 존재하니, 순간 외롭다는 이유로 아무나
   선택하지 마라. 그 사람과 성급히 관계를 형성했다가 진짜
   마음에 드는 사람이 나타나면 당신은 괴로운 상황에 처하게
   된다.
   *인연은 나쁘지 않은 사람과 맺는 게 아니라 좋은 사람과
   맺는 것이다.*

3. 누군가를 진심으로 잡고 싶다면 때로는 과감해져야 한다. 늘 재기만 하고 눈치만 보는 사람에게 오래 머물러주는 사람은 없다. 상대도 인내심에 한계가 있는 지극히 평범한 사람이다.

4. 당신의 가치를 인정해 주는 사람을 만나라. 당신이 잘하는 것을 칭찬해 주고, 당신이 잘하고자 노력하는 것에 응원을 보내는 사람을 만나야 그 관계가 오래간다. 결국 관계에서 가장 중요한 것은 가장 가까운 사람으로부터 받는 '인정'이다.

5. 지금 누군가 당신 곁을 떠났다고 세상이 끝난 게 아니다. 당신이 어떤 사람을 만났든 그보다 더 좋은 사람은 반드시 있다. 다만 그 사람이 당신에게 오려면 당신이 더 '좋은' 사람이 되어야 한다.

6. 처음부터 전부를 쏟아붓지 마라. 당신은 상대를 운명으로 느꼈을지 몰라도, 상대는 당신에게 단순한 호감 정도만 가지고 있는지도 모른다. 시작 시기의 과도한 사랑은 되레 관계를 무너뜨린다.

7. 어떤 일이든 갑자기 터뜨리지 마라. 최소한 상대방이 '무슨

일이 일어나겠구나'라는 짐작을 할 수 있을 만큼은 여유와
시간을 주어라. 그것이 관계에 대한 예의다.

8. 어떤 경우든 만나서 이별을 고하라. 비겁하게 전화나
   메시지 뒤에 숨지 마라. 당신이 상대의 눈을 보며 또박또박
   이별을 고할 때, 아직 사랑의 잔재가 남은 상대방이 조금 더
   일찍 당신을 단념하게 되니 결과적으로 그 어려운 자리가
   당신에게도 이득이다.

9. 헤어진 이후 하지 못한 말을 잘 정리하여 마지막 연락을
   하라. 좋았던 일, 고마웠던 일, 상대 덕에 당신이 더
   나아졌던 일 등에 대해 상세히 적고 고마웠다는 말로 관계를
   정리하자. 그래도 한때는 내 시간 전부를 가졌던 사람
   아닌가.

10. 헤어지고 끝나지 말고 헤어짐으로부터 배워라. 헤어짐의
    원인은 상대에게도 있지만 분명 나에게도 있다. 더 나은
    사람이 되려면 어떤 점을 바꾸어야 하는지, 설령 상대가
    나의 어떤 점 때문에 떠나갔을지언정 절대 바꿀 수 없는
    것은 무엇인지 그 리스트를 만들어라. 바꿔야 할 것은
    노력해서 바꾸고, 절대 포기할 수 없는 나의 가치는
    그것마저 포용해 줄 다음번 사람을 만나라.

두려워 말고 마음껏 사랑하라.

그 사랑의 끝이 이별이든 결혼으로 이어져 죽음으로
끝이 나든 돌아섰을 때 그립더라도 아쉽지는 않도록
행동하라.

Cold story #4 통찰

성장하고, 사랑하고, 사람들과 부대끼며 이제 이 페이지 앞에
오셨습니다.
여러분의 삶 속에서 발견할 수 있는 지혜들을 이곳에 차곡차곡
담아보았습니다.

'할 뻔했는데'는 한 게 아니다

"……할 뻔했는데"라는 말을 신뢰하지 않는다. 할 뻔했던
일은 결국 하지 못했다는 말이다. 할 뻔한 일은 안 한 일이라는
뜻이다. 대부분 이런 말 뒤에는 "그때는 운이 안 좋아서",
"그때는 사정이 있어서" 등의 변명이 따라붙는다.

'할 뻔했는데'는 못 한 것이다. 그 할 뻔한 일을 누군가는 한다.
그럼 그 사람은 언제나 운이 좋아서, 환경이 좋아서 일을 끝내
해낸 건가? 실제로 그 일을 해낸 사람도 당신만큼의 어려운
환경, 불운을 다 극복하고 해낸 거다. '할 뻔했다'고 아무리
말해봤자 해낸 사람과 당신은 동급이 아니다. 착각하지 마라.

해낸 사람과 해낼 뻔한 사람은 비교도 할 수 없을 만큼의

격차가 있다. 생각해 보라. "나도 세상에 태어날 뻔했는데"라고
외치는 정자가 있다면 무어라 할 건가? 한 마리 정자 빼고
나머지 수억 마리 정자는 '태어날 뻔한' 정자다. 결과는?
세상의 빛을 보고 보지 못한 하늘과 땅만큼의 차이다.

우리는 살면서 얼마나 많은 핑계를 대왔는가?
"내가 원래 성적대로면 이 정도 대학은 갈 수 있었는데."
"내가 주식 투자로 큰돈을 벌 뻔했는데."
"내가 그 회사 파이널 라운드까지 올라갔는데."

그런 말을 한 번도 해보지 않은 사람은 없을 것이다. 나 역시
마찬가지다. 그러나 그게 무슨 의미가 있나? 아무것도 달라지지
않는데. 주변 사람들이 "아, 그랬구나"라고 말하는 게 무슨
의미가 있나? 실제로는 관심도 없거나 허풍이라고 생각할 텐데.
이런 말로 자신이 더 높은 격을 갖춘 사람이 될 것이라고
생각하는가? 그렇지 않다. 그건 과시도 되지 않는다. 당신만 할
뻔했다고 생각하지 남들은 당신 이야기를 들으며 '그냥 못 했다는
거네'라고 생각한다. 주변에서 '할 뻔했는데'라는 말을 들었을 때
정말 공감했는가? 아마도 아닐 것이다.

'할 뻔했는데'라고 자주 말하는 사람이 현재를 살아가면서 자주
하는 일은 '결심의 공유'와 '과정의 공유'다. "나 이거 할 거야"

라는 말을 자주 한다. 그리고 딱히 공유할 필요가 없는 일을, 공유할 필요가 없는 사람들에게 자꾸 말한다. 지금 뭐라도 조금씩 하고 있다는 의미다. 그러나 맺음이 없다. 자기가 하는 일의 과정에 대해 지나치게 떠드는 사람일수록 끝맺음까지 이르는 경우는 거의 없다.

스스로도 불안한 거다. 맺음이 없으니까 과정이라도 이야기하려는 것이다. 안 될 거 같으니까 자꾸 큰 소리로 떠들고 있는 거다. 나 이만큼 진행하고 있다고, 나 이만큼은 한 거니까 아무것도 안 한 건 아니라고. 그러면 뭐 하나? 결과가 없는데.

자신의 기분을 다독이기 위해서 하는 이야기라면 말리지 않겠다. 그런데 그 일을 해서 당신이 나아질 건 단 한 가지도 없다. 해내지 못한 일에 대한 향수를 자꾸 들추어내서 현재의 당신에게 어떤 긍정적 영향을 미치겠는가?

잘 생각해 보라. "할 뻔했는데"라고 습관적으로 말하고 다닌 일. 그건 그냥 못 한 일이다. 그리고 당신이 하겠다고 떠들고 다니는 일. 더욱 심혈을 기울이지 않으면 지금의 일 역시 '할 뻔했던 일'에 가짓수만 추가하는 일이다.

*진짜로 무언가를 '해내고' 싶다면, 결과를 내고 싶다면
적어도 과거 어떤 일을 '할 뻔했던' 때보다는 더 노력하고,
더 체계적으로 생각하며, 더 치밀하게 준비해야 한다.* 만약
그럴 자신이 없다면 적어도 남들에게 "나 ○○ 할 거야"라고
떠들지는 않길 바란다.
선언만 하고 결과가 없는 일이 반복되면, 당신을 믿어주는
사람은 하나하나 떨어져나갈 것이기 때문이다.

'완결'을 해라. '할 뻔한 일'은 결코 '한 일'이 아님을 기억하라.

아마추어라면 과정도 의미가 있습니다. 과정에서
기쁨을 느끼고 성취감을 느끼면 그만이니까요.
프로페셔널이라면 다릅니다.

안타를 칠 뻔했던 타자.
골을 넣을 뻔했던 스트라이커.
제대로 된 점프를 뛸 뻔했던 피겨 선수.
일의 성과를 낼 뻔했던 직장인.
차를 판매할 뻔했던 자동차 딜러.

아무 의미가 없는 일들이죠.

결과를 만들어내는 것이, 내 인생을 프로답게 만드는
일입니다.

성공한 사람의 실패에 주목하지 마라

소셜 미디어가 발달하면서 좋아진 점이라면 성공한 사람들의
이야기를 보다 쉽게 접할 수 있다는 것이다. 예전 같았으면
책을 사서 읽어야만 알 수 있었을 이야기도 단편적인 영상
자료로 편집되어 쉽게 공유되고 회자된다. 이러한 콘텐츠는
수만 개의 좋아요와 수백 수천 개의 댓글이 달리는 등 폭발적
반응을 얻는다.
이런 스토리에 등장하는 인물들은 대부분 역경을 딛고
일어나 정점에 오른다. 그래야 재미도 있고 동질감도 생기기
마련이니까.

사생아로 태어난 스티브 잡스.
흑인으로 대통령 자리에 오른 오바마.

성폭행과 낙태의 기억을 딛고 일어선 오프라 윈프리.
평범한 이혼녀이자 무직자에서 세계적인 작가가 된 조앤 K. 롤링.
모두 역경을 딛고 끝내 성공한 사람들의 이야기다.
그 밖에도 좋은 학교를 나오지 않고도 성공한 사업가들, 악조건
속에서도 자신의 길을 개척해 나가는 사람들의 이야기를 접하며
우리는 감동을 받는다.

그런데 이 대목에서 꼭 기억해야 하는 것이 있다.
많은 사람이 아주 엉뚱한 결론을 내리고 있다는 점이다.
성공한 사람들의 역경 뒤에 붙는 접속사는
'그러니까'가 아니라 '그럼에도 불구하고'이다.
그런데 사람들은 이상하게 자꾸 '그러니까'라고 말한다.
"야, 이 성공한 CEO도 지방대에 학점 2점대였대. 그러니까 너도
할 수 있어."

얼마나 터무니없는 비약인가?
그의 가장 큰 약점에만 주목하고 그 약점과 닮아 있으니 무언가를
이룰 수 있다는 것은 얼마나 허무맹랑한 논리적 오류인가?
키 160cm의 전 NBA 농구 선수 타이론 보그스의 '키'가 아니라,
그가 얼마나 치열하고 피나는 연습을 했는지에 주목해야 한다.
오바마가 흑인 출신이라는 것이 아니라 그가 노력해서 컬럼비아
대학과 하버드 로스쿨을 나온 것에 주목해야 한다.

스티브 잡스가 대학을 중퇴한 것에만 주목할 게 아니라, 명문
대학에 입학했음에도 그곳을 박차고 나올 수 있었던 용기에
주목해야 한다.

자기 계발서나 위인전을 자꾸 보면서 자신의 약점과 닮은
그들의 약점을 찾아내는 것은 결코 위로가 되지 못한다. 나는
어떠한 강점을 가지고 있는지를 오히려 더 깊고 진지하며,
치열하게 고민해야 한다.

위대한 삶의 족적을 보면서 배우려 하는 게 아니라 사실은
자위만 하고 있지는 않은가?
당신이 수많은 유명인의 위대한 삶을 보고도 평범하게
살아가고 있는 이유는, 어쩌면 당신이 그의 삶을 보고 싶은
대로만 재단하여 보고 있기 때문일지도 모른다.

고양이로 살고 있는 자신을 사자로 착각하면서 실제 사자를 볼
때에는 고양이스러운 면에만 주목하고 있지는 않은가?

당신이 주목할 것은 그 사람의 실패가 아니라,
그 사람이 '어떻게' 장애물을 뛰어넘었는가이다.

의지가 강한 사람들의 10가지 특징

주변에 '의지가 괴물'이라는 생각이 들 만한 지인이 한두 명
있을 것이다.
힘든 회사 생활을 하면서도 탄탄한 몸매를 유지하고 있다거나,
여러 가지 일을 척척 처리해 내는 사람들을 보면 대체 어떻게
저렇게 할 수 있을까 하는 생각이 든다.
그러나 그들도 사람일 뿐, 그들이 쓰는 몇 가지 방법을 알면
당신도 의지가 강한 사람으로 탈바꿈할 수 있다.

1. 유혹이 될 만한 장소에 가지 않는다
시작부터 아이러니한 이야기일 테지만, 의지가 강하다고
평가받는 사람들은 의외로 자신의 의지력을 신뢰하지 않는다.
많은 사람이 결심이 무너지는 것을 의지의 문제라고 하는데,

이들은 그것이 의지의 문제라고 생각하지 않는다.

위치 선정을 잘하는 것. 이들이 의지가 강해 보이는 첫 번째
팁이다.
제아무리 의지가 강한 사람이라도 지글지글 고기 익는 냄새가
진동하는 고깃집에 앉아서 과식하지 않는 게 쉬울까? 그럴
바엔 아예 고깃집에 가지 않는 것이다. 수시로 술을 즐기는
사람이라면 일단 집에 있는 술을 전부 없애자. 아마 마시고
싶다는 생각이 들어도 밖에 나가는 것이 귀찮아서 마시지
않게 될 것이다. 만약 박차고 나가 술을 사올 수준의 욕구가
생긴다면? 그 정도 수준으로 술이 고픈 거라면 그날만큼은
인정해라. 다만 흔들리거나 유혹에 빠질 수 있는 장소에 발을
들이지 말자. 그것만으로도 대부분의 의지박약은 고칠 수 있다.

2. 도움이 될 만한 장소까지 스스로를 데리고 간다
헬스장에 가면 이런 문구가 붙어 있다.
'운동하면서 가장 어려운 것은 운동하는 곳까지 오는
것입니다.'
'가장 어려운 것을 하셨으니 이제부턴 조금은 쉬운 것들을
해보겠습니다.'
어떤 일을 즐기기 전까지는 괴롭더라도 일단 자신을 그 자리에
가져다 놓는 것이 중요하다. 의지가 강한 사람은 이러한 노력을

잘한다.

3. 조급해하지 않는다

의지가 약한 사람은 자신이 하는 일에 대해서 곧바로 성과를
바라는 경향이 있다. 그러나 3일 운동하고 근육이 불룩불룩
나오는 사람은 존재하지 않고, 내가 투자한 주식이 한 달
만에 몇 배로 뛰어오르는 일은 가뭄에 콩 나듯 드물 수밖에
없다. 대부분의 성취는 여러 번 평행선을 달리는 것 같지만
결국 계단형으로 진행되는 것이니 단기간 성과를 바라며
조급해하지 말자. 만약 이게 잘 안 된다면 처음부터 기간을
느긋하게 늘려 잡고 진행하는 것도 방법이다. 주변에서 외치는
8주 완성, 100일 완성 등의 말에 현혹되지 말자. 우리는
우리의 게임을 하면 된다.

4. 자신이 하는 일에 의미를 부여한다

포기가 빠른 사람은 자신이 하는 일의 가치를 모르는 경향이
있다.
"담배를 왜 끊는가?"라는 말에 "건강을 위해서"라고
대답하면서도 실제로 어떤 점이 건강에 도움이 되는지 명확히
알지 못한다. 모든 일에 의미를 부여하되 그 의미는 와닿을
수 있도록 '숫자'를 사용하면 좋다. 체중, 체지방률, 줄인 담배
개비 수, 오늘 읽은 책 쪽수, 오늘 한 스쿼트 개수 등 대부분의

목표를 숫자로 표시할 수 있다. 이 숫자가 눈에 띄게 변화하는
것을 보면 의지가 더 불타오를 것이다.

5. 지칠 때까지 하지 않는다
중도에 포기해 버리는 사람이 자주 하는 실수가 바로 초반에
너무 달리다 번아웃을 겪는 것이다.
목표에 도달하는 일은 100미터 달리기가 아니라 마라톤일
때가 많다. 마라톤 경기 초반에 선두를 달리는 사람이 우승하는
경우는 많지 않다. 자신에게 주어진 시간과 체력의 한계를
분배할 줄 알아야 한다. 여건상 도저히 불가능한데도 일주일에
7일 운동을 목표로 설정해 두면 하루만 빠져도 급격히
무너지기 쉽다. '달성 가능한 목표'를 세우고 그것을 우직하게
밀어붙이는 편이 훨씬 좋다.

6. 본인에게 적절한 보상을 한다
누구에게나 새로운 것에 도전하고 꾸준히 노력하여 어떤
목표를 달성하는 일은 결코 쉽지 않다. 열심히 노력한 자신을
위해 가끔은 보상을 할 줄도 알아야 한다. 10시간 공부한 후
1시간의 게임 시간일 수도 있고, 일주일 열심히 식이요법과
운동을 병행한 후 꿀맛 같은 맛있는 음식일 수도 있고, 평소에
너무 가지고 싶었던 무언가를 스스로에게 사주는 것도 좋다.
이런 것들이 당신의 의지를 더욱 단단하게 만들어줄 것이다.

7. 여러 일을 기웃거리지 않는다. 한 번에 하나만 한다.
'가다가 중지 곧 하면 아니 감만 못하다'는 말이 있다. 어떤
일을 중도에 그만두면 그 일은 결과적으로 한 것이 아니다.
의지가 강한 사람은 중요도 및 긴급 정도를 파악하고 순서를
세워 일을 처리한다. 목표한 일을 순서대로 처리해서 완결한
일이 늘어나면, 이 역시 의지가 강한 사람으로 비친다.

8. 일의 시나리오가 있고 상황에 따라 시나리오를 실행한다
삶은 항상 일정할 수 없고 예상대로 흘러가지 않는다는 것을
인정해야 한다. 때로는 새벽까지 야근을 할 때도 있고, 의도치
않게 갑자기 저녁 술자리가 생길 수도 있다. 따라서 일상을 세
종류의 시나리오로 나누어서 일의 양을 조절하면 목표 달성이
더 쉽다. 매일 2시간 운동을 하겠다고 하지 말고, 평일에는
1시간, 주말에는 2시간, 회식이 있거나 야근이 12시까지
이어지면 그날은 쉰다는 정도로 정해두면 마음이 훨씬 편하다.

9. 하려는 일은 '적금'처럼 생각해서 앞서 진행한다
'일주일에 3번 운동을 하겠다'는 목표를 세우면 대부분의
사람은 월요일과 화요일을 건너뛰기 쉽다. 그리고는 아직
5일이나 남았다고 생각한다. 그러다 예상치 못한 일이 생겨
운동을 빠지면 목표에 미달한 자신과 맞닥뜨리게 된다. 이런

일이 반복되면 처음의 목표가 흐지부지되고 결국 목표를
포기하기에 이른다.
숫자를 채워가는 목표라면 최대한 미리 그 숫자를 채워두자.
목표 이루기가 훨씬 쉬워질 것이다.

10. 한 번 달성하지 못했다고 망연자실하지 않고 다시 시작한다
무슨 일이든 달성하기까지는 반드시 꾸준함이 따라주어야
한다. 그러나 단 한 번 목표한 바를 이루지 못했다고 계획
자체를 내팽개쳐 버려서는 안 된다. 누구나 실수는 할 수 있고
한두 번 멈춰 섰다고 해서 지금껏 해온 일들이 모두 사라지는
것은 아니다. 그냥 '그럴 수도 있지'라고 생각하고 하던 대로
하다 보면 원하던 목표에 분명히 다다를 수 있을 것이다.

90점에서 99점이 되는 것을 목표로 한 사람은 10% 더
올리기 위해 10%의 노력만 하면 되는 게 아닙니다.
100개의 구멍 중 마지막 남은 10개 중 9개를 막아야
하는 것이죠.
그래서 단지 10%의 노력이 아니라 9배, 10배의 노력이
필요한 일입니다.

실패한 경험으로부터 얻게 되는 용기에 대하여

해보고 싶은 일은, 아직 해보지 않은 일이다. 그래서 실제로 그 일을 하게 되었을 때 자신이 상상으로 만들어낸 모습과는 많이 달라 당황하거나 실망하게 된다. 되고 싶은 모습 역시, 아직 되어본 적 없는 모습이다. 따라서 그 모습이 되기 전까지 얼마나 많은 장애물과 고통이 따르며 시간이 필요한지 시작 단계에서는 알지 못한다.

일을 시작할 때는 하나의 목표만을 바라보게 되는데, 사실 그 목표를 달성하기까지 수많은 다른 일을 병행해야 한다는 사실을 꼭 알아야 한다. 그 일들이 마치 가시덤불처럼 목표를 향해 나아가는 당신의 발목을 잡고, 당신의 피부에 상처를 낼 것이다.

"이 일은 나에게 안 맞아"라는 말은 대부분 막연히 지금 하는
일에서 도망치고 싶을 때 내뱉는 가장 훌륭한 핑계일 뿐이다.

'선언'은 쉽다. '과정'은 괴롭다. 그걸 다 물리쳐 내고 '성취'해
내는 것은 그래서 위대하다.

그러나 그 성취를 이루고 나면, 내가 받는 것은 세상 전부가
아니라 그 상위의 세계로 진입할 수 있는 열쇠일 뿐이다.
약간의 칭찬, 환호 또는 조금의 금전적 보상과 해냈다는
뿌듯함은 아주 잠깐일 뿐. 새로운 세계로 진입하면 지금까지
겪었던 것의 몇 곱절 되는 싸움이 기다리고 있다. 노력, 운,
재능 모든 것을 다 동원하여 또다시 도전해 보고 싶은 사람은
다시 도전하는 것이고, 아닌 사람은 거기서 내려오거나 아니면
다른 길을 찾게 되는 것이다.

그 누구도 자신의 한계를 알 수는 없다. 제아무리 전도유망하다
해도 끝내 무관의 제왕으로 그치는 사람도 있고, 제2세계의
제왕이 되어 제1세계의 중간 관리자보다 훨씬 좋은 삶을 사는
사람도 있고, 수십 년간 우직하게 한 길만을 파 끝내 빛을 보는
사람도 있다.

여러분이 최대한 인생에서 빨리 아래의 일들을 겪어보기를

권한다. 어떤 일이든 상관없다.

(1) 심각할 만큼 빠르고 크게 실패해 본다.
(2) 죽어라 힘을 다해 끝내 원하던 것을 100% 이루어내 본다.
(3) 자신의 한계를 인정하고, 다른 길을 찾아낸다.

크게 실패해 보는 일은, 나 스스로에 대한 투지를 높여준다.
다만, 이 일은 빨리 겪을수록 좋다. 타격이 훨씬 적기 때문이다.
인간이 성장하면서 겪는 일은 '대부분의 사람이 할 수 있는 일'
에서 점차 '아무나 못 하는 일'로 바뀌어간다. 그래서 더 어릴
때 크게 실패할수록 나머지 삶을 사는 데 도움이 된다.

초등학교 2학년 때 '구구단을 제대로 못 외워' 생애 최초로
나머지 공부를 했던 경험을 나는 잊을 수 없다. 지금 생각하면
우습기 짝이 없는 일이지만, 그 일이 없었다면 지금의 나는
전혀 다른 사람이 되었을 것이다.
'절대 나머지 공부를 하지 않겠어'라는 다짐은 세상을
살아가면서 참 많은 다른 결심으로 나를 찾아왔다.
그래서 더 큰 파도가 왔을 때, 버틸 수 있었다. 살면서
'넘어지거나 실패했을 때' 큰 힘이 되었다.

죽어라 젖 먹던 힘을 끌어내 끝내 성취를 해본 경험은 아직도

살아가는 데 힘이 된다. 고 3 때 미친 듯이 공부해서 원하는
대학에 진학한 것과, 저주받은 몸매란 말을 듣고 1년 넘게 매일
4시간씩 운동해서 원하는 몸매를 만든 경험들은 내가 어떤
일을 새로 시작할 때 큰 용기가 된다. '시작할 수 있는' 용기를
준다.

스스로의 한계를 인정하고 다른 길을 찾아간 경험은 전력을
다해 부딪쳐도 도저히 넘어설 수 없는 무언가와 맞닥뜨렸을
때, 스스로를 비난하지 않고 다른 길로 갈 수 있는 용기를 준다.
대학에 입학해 죽어라 공부했으나 도저히 견뎌낼 수 없던 그때,
나는 10년 넘게 꿈꾸던 프로그래머의 꿈을 접고 다른 일을
하기로 마음먹었다. 전력을 다했으니 미련은 없었다. 하지만
노력으로 모든 것을 메울 수 없다는 것을 인정한 그 일은, 이후
내 삶에 '유연성'을 보태주었다.

치열하게 도전하고, 실패하고 그 실패를 인정하며, 새로운 길을
가는 것을 무서워하지 않으며 살아가고 싶다.
여러분도 그랬으면 좋겠다.

딛고 일어서라.
실패한 경험은 나중에 또 다른 투지와 용기가 되어준다.

타인을 해치고 스스로를 좀먹는 '착각'

무례함을 과감함이나 유머러스함이라고 착각하는 사람이 있다.
상대가 기분 좋게 받아들이면 과감하고 유머러스한 것이지만,
상대가 불쾌함을 느낀다면 그건 그냥 무례한 거다.

마찬가지로 뻔뻔함과 과감함을 구분 못 하는 사람도 있다.
타인에게 불쾌감을 준다면 그건 과감한 게 아니라 뻔뻔한
것이다. 물론 세상 사람 모두의 니즈에 맞출 필요는 없다. 다만
대다수가 불쾌해할 일이 있고 일부만 불쾌해할 일이 있다.
당신의 행동이 뻔뻔함인지 과감함인지는 주변의 반응으로
판단하면 된다.

나의 모자람을 타인을 깎아내림으로써 메꿀 수 있다고

생각하는 사람이 있다. 그렇지 않다. 그 사람의 위치는 당신의
험담으로 달라지지 않으며, 설령 그 사람의 위치가 당신의
험담으로 끌어내려진다 하더라도 그로써 내가 그곳으로
올라가는 것은 아니다. 오히려 천박한 언행이 나쁜 인상을
주어 평판만 나빠질 것이다.

열정적인 것을 남에게 감정적으로 대하는 것과 동일시하는
사람이 있다. 아니다. 그건 그냥 쓸데없이 감정 소모를 하는
것일 뿐이다. 당신의 감정이 타인을 더 불편하게 만든다는
사실을 알아야 한다. 그건 열정이 아니라 오히려 팀워크를
망치는 일일 뿐이다.

열심히 사는 것의 증거로 '과정의 많음'을 이야기하는 사람이
있다. 그러나 결과가 없는 과정은 그야말로 헛물켜기에
불과하다. 이보다 심한 사람은 '선언을 많이 하는 것'이 열심히
사는 것의 증거라고 생각하는데, 그건 엄연한 착각이다. *열심히
사는 일은 과정의 다양성이 아니라 얼마나 단단한 결과를
만들어냈느냐가 결정한다.*

적당한 자기 합리화는 슬픈 현실을 잊게 해준다.
하지만 자기 합리화가 심해지면 현실을 보는 눈이
어두워지고, 결국 현실도 잘 살아갈 수 없게 된다.

그저, 현재에 충실하라

이도 저도 못 하는 사람들은 대부분 그 순간에 충실하지
못하는 경향이 있다.
다시 말해, '해야 하는데'라는 미래 시제의 고민을 현재로
끌고 온다. 그런데 미래 시제와 현재 자신의 행동은 언제나
상반되어 있다.

예를 들면 이런 것이다.

맛있는 걸 먹을 때는 "살 빼야 하는데"
담배를 피우면서는 "끊어야 하는데"
술 마시면서는 "그만 마셔야 하는데"
운동을 안 하면서는 "운동해야 하는데"

즐겁게 놀면서는 "공부해야 하는데"

즉, 현실에서는 부정적인 축적을 쌓으며, 때로는 긍정적인 일을
미루며 '해야 하는데'라는 말로 걱정만 더한다.

이런 사람은 현재도 즐기지 못하고, 미래에는 더 부정적인
결과만 받아들게 되는 악순환의 덫에 빠진다.

맛있는 걸 먹고 있는데도 행복하지 않다. "살 빼야 하는데"라는
말을 입에 달고 살기 때문이다.
친구들과의 술자리도 즐겁지 않다. "술 끊어야 하는데"라는
말이 계속 스스로를 옥죄기 때문이다.

당신의 상황을 개선하라고 주장하고 싶은 게 아니다.
개선하지 않을지언정 현실에 충실하며 최소한 지금만큼은
행복하라는 의미다.

맛있는 음식을 앞에 두고 "살 빼야 하는데" 같은 미련한 말을
왜 반복하는가? 지금 이 순간 맛있게 먹고 다음 끼니 때 식이를
조절하거나 운동을 하면 된다. 운동도 하고 싶지 않다면? 그냥
살을 빼야겠다는 생각을 하지 않으면 된다. 아무도 당신에게
악착같이 살 빼라고 강요하지 않는다. 그렇게 자주 이야기하는

사람은 자신밖에 없지 않은가?

'멋있다', '대단하다'라는 말은 보통 사람들이 하기 어려운 일을
누군가 하기 때문에 듣게 된다.

당신이 꼭 멋있고 대단할 필요는 없다. 적어도, 그저 지금 이
순간 행복한 것만으로도 가치 있는 일 아닐까.

지금 행복이 눈앞에 있는데 스스로 불행하게 만들지 마라.

모두가 위대할 필요는 없지만, 모두가 행복할 권리는 있기에.

성공하는 사람들은 '현실 충실성'이 아주 높아서 언제나
현재를 즐길 줄 안다.
현실 충실성이 높은 사람들은 자신의 영향력이 오직
현재에만 미칠 수 있음을 알고, 현재 일어나는 여러
일을 기쁘게 받아들이고 최선을 다한다.

하루하루가 쌓일수록 현재를 충실하게 사는 사람과
그렇지 못한 사람의 격차는 점점 커질 수밖에 없다.
어떤 순간에도 충실하지 못한 사람과 어떤 순간이든
충실한 사람이 격차가 벌어지는 건 어찌 보면 당연한
일이다.

-전작,《뭘 해도 잘되는 사람들의 비밀》중에서

평생 그냥 그렇게 사는 사람의 10가지 특징

1. 결과를 얻고 싶지만 과정은 없거나 아주 짧거나 힘이 안 들었으면 좋겠다.

2. 과정에서 돈은 아예 안 들거나 최소한으로 들었으면 좋겠다.

3. 노력하는 것에 비해 많은 결과가 나왔으면 좋겠다. 정확히는 아무 노력도 안 하는데 결과가 나왔으면 좋겠다.

4. 유형의 것은 어쩔 수 없이 돈을 주고 사지만 무형의 것은 공짜만 골라 쓴다.

5. 가격을 최우선으로 생각한다. 시간을 얼마나 쓰는지는

관심이 없다. 공짜면 된다!

6. 자신이 읽어주거나 시청해 준 게 콘텐츠에 대한 도리라고
   생각한다. 되레 자신이 '해주신 것'이라 생각한다.

7. 현실에는 불만이 가득한데, 바꿀 수 있는 방법을 누군가
   알려준다고 하면 귀찮아한다.

8. 정공법에 관심이 없다. 요령, 편법, 꼼수만 바란다. 당장의
   상황만 모면하면 된다. 근본적 변화는 오래 걸리니 하지도
   않고 설령 시도하더라도 금세 포기한다.

9. 내가 잘되면 내가 잘나서고, 남이 혹시라도 잘되면 어딘가
   꼼수가 있을 것이라 생각하는데 실상은 반대인 경우가 많다.

10. '했다'라는 말보다 '해야 하는데'라는 말을 천 배쯤 많이
    쓴다.

한 가지 더.
이 글을 읽고도 아무것도 자각하지 못한다.

건강한 승부욕 사용법

승부욕이 강한 사람은 그만큼 무언가를 성취하는 빈도도
높지만, 승부욕이 건강하게 사용되지 않을 때는 스스로에게도
타인과의 관계에서도 여러 가지 불편한 일을 유발한다.
건강하지 않은 승부욕은 다음 두 가지 상황에서 발현된다.

*첫째, 동시간대를 살아가고 있는, 그러나 자신보다는 당연히 물리적
시간을 더 살았기 때문에 더 갖추고 있는 사람을 인정하려 들지
않는다.*

둘째, 어떤 영역에서도 자신이 뒤처지는 것을 참지 못한다.
분을 삭이지 못하고 그 자리에서 화를 내는 것은 그나마
귀엽다. 그런 상황이 폭력 등의 다른 식으로 번지지만 않는다면

말이다.
다만, 현재의 자신을 인정하지 못하거나 현재의 상대방을
인정하지 못하는 상황에서 흔히 저지르는 실수들이 있다.

1. 자신을 과장한다
어떻게든 과시하기 위해 자신을 과장한다. 키를 부풀려
말하거나 깔창을 까는 것은 귀여운 행동이고, 자신도 정확히
알지 못하는 말을 사용해 가며 멋을 부리는 표현을 하고
자신의 과거나 현재를 부풀려 이야기하며 무리를 한다. 경제
여건에 맞지 않는 차를 탄다거나, 과도한 지출을 하는 경우도
있다.
그러나 부풀려 놓은 자신과 실제의 자신은 엄연히 차이가 있는
법. 그 차이로 인한 지속적인 무력감과 패배감이 자존감을
좀먹는다.
누구나 그럴듯해 보이고 싶고 멋지고 아름답기를 바란다.
하지만 스스로를 과장한다고 해서 그런 사람이 되는 것은
아니다.

2. 빈정대는 행동을 한다
이것은 보통 지적인 영역에서 상대방보다 자신이 더 우위에
있음을 증명하고 싶을 때 저지르는 실수이다. 상대방의 의견에
반대를 위한 반대를 하며 억지 논리로 떼를 쓴다. 승부욕에

눈이 멀어 일단 저지르고 보는 것이다.
그런데 문제는 자신만 눈이 멀어 있지 수많은 사람은
그 사람의 행동이 어딘가 이상하다고 느낀다는 데 있다.
결과적으로 그와의 인간관계가 망가지고 만다.
건강한 승부욕은 삶을 주도적으로 살아가게 해준다.
하지만 건강하지 못한 승부욕은 스스로를 갉아먹을 뿐이다.
그렇다면 어떻게 건강한 승부욕을 활용할 수 있을까?

1. 시간/경력 차가 있는 사람의 성취는 우선 인정해라
시간 차는 '나이의 많고 적음'을 이야기하는 것이 아니다.
나보다 어릴지언정 외국에서 오래 살아 외국어 실력 격차가
나는 사람, 같은 운동을 하지만 나보다 더 오랜 시간 운동을
해왔기에 더 많은 무게를 들거나 지구력이 더 높은 사람이
있다면 그냥 인정하면 된다. 오히려 "나도 더 노력해서
나중에는 그 수준에 도달하고 싶다"고 인정한다면 당신은
배포가 크면서도 야망을 놓지 않는 아주 멋진 사람인 것이다.

2. 정말 노력해도 안 되면 그 역시 인정해라
누구나 가지고 있는 능력치가 다르고, 나보다 재능이 못한
사람이 세상에 많듯 나보다 재능이 뛰어난 사람도 당연히
존재한다. 그렇다고 내 노력이 가치 없어지는 것은 아니다.
스스로에게 떳떳할 만큼 노력했다면 적어도 나는 과거의

나보다는 나아져 있을 것이다.

3. 여전히 승부욕이 타오른다면 확실히 그보다 나은 분야를 하나 찾아라

어떤 사람이 정말 다 뛰어나 보여서 어떻게든 이기고 싶다면 내가 그보다 확실히 나은 분야를 찾아보는 것도 방법이다. 만약 그런 것이 없다면 그나마 경쟁력 있을 만한 분야를 계속 연마한다. 성격 하나는 내가 훨씬 좋다든가, 게임을 훨씬 잘한다든가, 길을 잘 찾는다든가, 술을 잘 마신다든가, 글씨체가 뛰어나다든가, 나만 고양이를 기른다든가(일부는 농담이다) 어떤 사람도 완벽할 수 없으니 그 사람의 빈틈을 찾아 지속적으로 발전시키자. 적어도 특정인을 향한 '못된 승부욕'은 조금이라도 잦아들 것이다.

4. 과거의 나와 경쟁하라

사실 남과 경쟁할 필요가 없다. 각자의 삶이 있고 각자의 길이 있는데 굳이 타인을 앞지르고 싶어 질투에 눈이 멀면 아무리 빼어난 사람도 현명한 판단을 할 수 없게 되기 때문이다. 내가 관심 있고 잘하고 싶은 분야에서 지금의 나보다 미래의 내가 더 나은 사람이 될 수 있도록 꾸준히 나아가는 것으로 충분하다.

우리 모두는 고속도로를 달리는 차로, 도로 어느 지점에
있다. 내가 아무리 올라가도 나를 이겨내는 사람은
꼭 존재할 것이며, 설령 내가 세계 최고의 사람이라
하더라도 시간이 지나면 나를 추월할 사람은 나타날
것이다.

지금 내가 어떻게든 이기고 싶은 사람도 고속도로를
달리는 차 중 한 대로 어느 지점을 달리고 있을 뿐일
텐데, 굳이 '그 사람'에게 집착할 필요가 있을까?

오히려 주변의 뛰어난 사람으로부터 배우고, 더
노력하여 나아지려고 해보자. 뛰어난 사람이 나타나
더욱 긍정적인 자극제로 작용했음을 감사해하며.

본질, 즉각적이지 않지만 체질을 바꾸는

본질은 말 그대로 깊숙한 곳에 있다. 변화를 시도한다 해서 곧바로 변화하지 않는다. 그래서 사람들은 인내심에 한계를 느끼고 일단 결과가 보이는 일을 먼저 한다. 겉모습을 바꾸고, 당장 성과가 날 일을 한다.

그러나 임시방편의 일만 지속적으로 하면 본질이 변하지 않는다. 컵에 든 음료가 맛이 없으면 음료를 바꾸어야 하는데, 컵의 모양을 바꾸고 색상을 바꾸는 일과 같다.

본질은 한 번의 결과가 아니라 추세의 변화다. 한 번, 한 번의 결과는 당일의 여러 가지 변수로 달라질 수 있다. 하지만 본질은 추세를 바꾼다. 10점을 주로 맞히는 양궁 선수가 가끔

7점을 맞힐 수는 있지만 4점, 5점을 계속 맞히는 일은 없듯,
탁월한 피아노 연주자가 가끔 미스터치를 할 수는 있지만
바이엘 상권을 처음 치는 초보자보다 연주를 못하는 시절로
돌아가지는 않듯.

본질은 삶의 일부 혹은 전부다. 정도의 차이는 있지만 어떤
일을 열심히 하는 사람은 다른 새로운 일이 주어져도 꾸준히
잘하려고 노력한다. 한 가지 운동을 성실하게 해온 사람이
다른 운동을 습득하는 속도가 더욱 빠른 이유이다.

변화는 결코 빠르지 않지만 변화가 보일 때쯤이면 이미 본질이
바뀌어 있다. 이는 긍정적일 때도 부정적일 때도 그렇다. 어떤
일이 '현상'으로 나타나기 시작했다면 본질은 좋은 쪽으로든
좋지 않은 쪽으로든 기울어져 있음을 의미한다. 이 순간이
바로, 본질이 그릇을 채우고 넘치는 때다.

어쩌다 한 번의 성과는 요행으로도 낼 수 있다.
그러나 꾸준히, 지속적인 성과를 내려면 본질을 바꾸어야 한다.
꾸준한 성과를 위해 바꾸어야 하는 당신의 본질은 무엇인가.

"원칙은 인생에서 원하는 것을 얻도록 만들어주는
행동의 기초가 되는 근본적인 진리이다."

–전설적인 투자자이자《원칙》의 저자, 레이 달리오

차가움과 따뜻함으로 응원하는
당신의 '뜨거운 삶'

책의 마지막까지 다다르신 여러분께 진심으로 경의를
표합니다.
'완급 조절.' 살면서 자주 사용하는 말입니다. '당근과 채찍'
이라고 표현하기도 하고 사랑을 시작하는 남녀에게는
'밀당(밀고 당기기)'이라는 말로 활용되기도 하죠.
속도를 높여주는 엑셀과 속도를 줄여주는 브레이크가 있기에
안전하게 목적지에 다다를 수 있는 것처럼, 우리의 삶은
무조건적인 긍정과 무조건적인 비관 어느 한쪽이 지배해서는
안 됩니다. 그래서는 건강한 삶을 살아갈 수 없겠죠.

《당신을 위한 따뜻하고 냉정한 이야기》는 당신의 삶에 따끔한
충고를 하기도 하고, 때로는 힘겨울 때 보듬어주기도 하는

이야기입니다.

책은 성장, 인간관계, 사랑, 통찰의 네 파트로 이루어져 있죠.
어찌 생각해 보면 이 네 단어가 우리의 삶을 이루는 것인지도
모르겠습니다. 살면서 목표를 세우고, 일을 이루어나가고,
그 과정에서 많은 사람과 도움을 주고받으며 깨달음을
얻지요. 그러나 단순히 필요에 따른 관계만 있는 것이 아니죠.
논리적으로 맞지 않더라도 내 모든 걸 다 주어도 아깝지 않은
일 역시 존재하죠. 바로 사랑일 것입니다.

성장과 성취에도, 인간관계에도, 그리고 그 안에서 배우는
통찰과 사랑까지도, 우리는 현실을 냉정하게 바라봐야 할
필요도 있고, 스스로를 다독여줄 필요도 있습니다. 때로는
치열하게, 때로는 성장통을 겪으며 조금씩 삶을 만들어가겠죠.

이 책의 제목은 《당신을 위한 따뜻하고 냉정한 이야기》이지만,
책을 읽는 독자분들은 어딘가 뜨겁게 타오르고 있을지도
모르겠습니다.
결국 현실 직시도, 따뜻한 위로도 내 삶을 만들어주는 뜨거운
응원이니까요.
쉽지 않은 세상을 치열하게 살아가고 계시는 여러분을
응원합니다.

김재성 드림

당신을 위한 따뜻하고 냉정한 이야기

지은이 | 김재성
발행처 | 도서출판 평단
발행인 | 최석두

등록번호 | 제2015-000132호
등록연월일 | 1988년 7월 6일

초판 1쇄 인쇄 | 2022년 12월 10일
초판 1쇄 발행 | 2022년 12월 21일

우편번호 | 10594
주소 | 경기도 고양시 덕양구 통일로 140(동산동 376)
　　　　삼송테크노밸리 A동 351호
전화번호 | (02)325-8144(代)
팩스번호 | (02)325-8143
이메일 | pyongdan@daum.net

ISBN | 978-89-7343-547-0　03810